珍藏的記憶

緬懷江蘇一代高僧

心澄題

翁振进 主编

宗教文化出版社

目　录

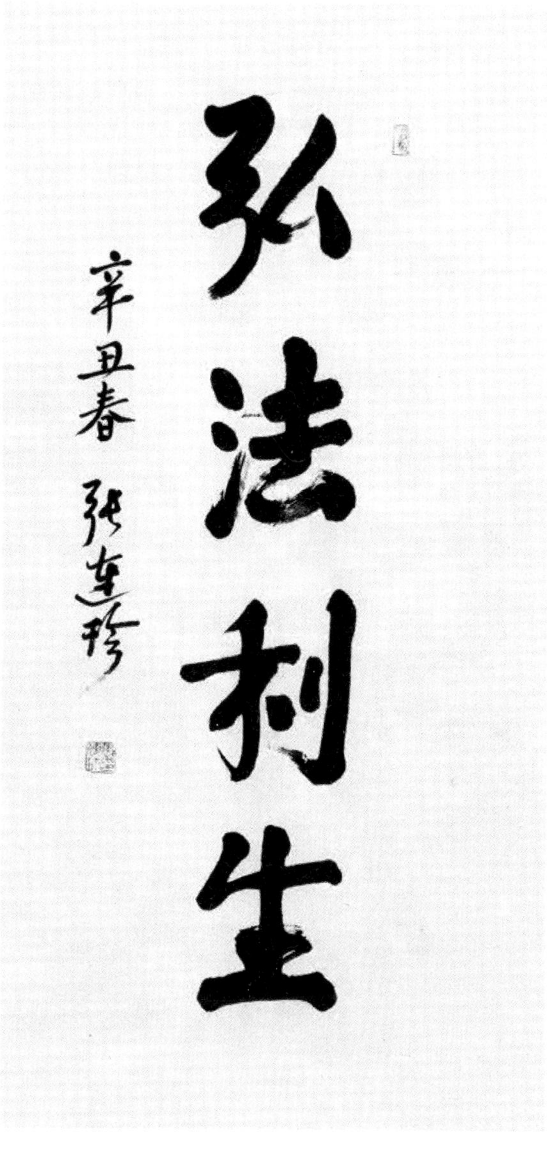

张连珍 题词

全国政协科教卫体委员会副主任

江苏省政协原主席

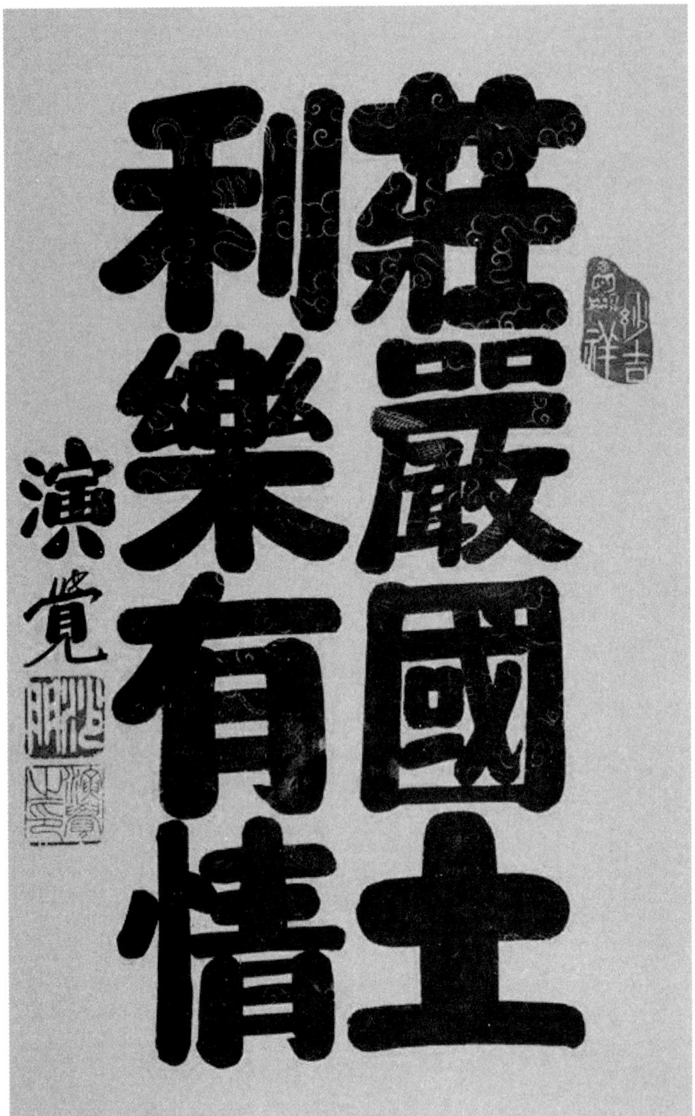

演觉方丈 题词

中国佛教协会会长

北京广济寺方丈

序

为纪念茗山长老圆寂20周年，缅怀江苏一代高僧，翁振进先生主编《珍藏的记忆——缅怀江苏一代高僧》，对此省佛教协会表示支持，心澄方丈题写书名，我为书作序，有关寺院积极配合，共襄义举。

该书收集了江苏12位已故高僧的相关资料，有编者纪念他们的文章、珍藏的他们的书画及其留影，还有12位法师介绍其师父的短文和提供的有关照片。认真阅读此书，不免思绪万千，一位位大德长老的音容笑貌顿现眼前，一幅幅往事历历在目宛如昨天。

作者既是江苏佛教不断发展的见证者，也是江苏佛教建设的参与者。他在担任原江苏省宗教事务局局长期间，与我省佛教界老一辈高僧大德如茗山、慈舟、德林、明学、无相、松纯、性空等长老有着广泛的交往，在江苏21世纪佛教建设的实践中相识、相知，情谊不断加深，以致退休后仍坚持每年看望各位长老。他亲力亲为编写该书，发于愿、出于情，有哀思、有期望。

自上世纪80年代，后学依寒山寺性空长老出家，三十多年弹指一挥间，老一辈高僧大德都已先后作古，回忆那亲近长老们的岁月，言传身教，请益学习，感慨万千，受用无量。数十年的时光在中国佛教两千多年的发展史上并不漫长，而长老们为之奉献一生的江苏佛教乃至中国佛教，已经发生了深刻的变化。各寺院道场在党和政府的坚强领导下，在宗教政策法规的规范下，不忘初心，不负新时代，正焕发出崭新的蓬勃生机。

老一辈高僧大德虽离我们而去，但他们热爱祖国的崇高情怀，犹如大海中的灯塔，继续引导着信众前行；他们为法为教的菩萨情怀，犹如水面盛开的莲花，仍然散发着幽远暗香；他们大慈大悲的济世情怀，犹如一轮皎洁明月，清辉遍洒江苏大地。

该书的出版发行，是对长老们最好的缅怀和纪念，其行履和大愿必将激励江苏佛教界四众志求佛道、勇猛精进。抚今追昔，我辈同仁亦深感自己责任重大、使命光荣，当肩负起老一辈高僧大德的重担，担荷起如来的家业，在党和政府的领导下，沿着中国特色社会主义道路，坚持佛教中国化方向，为江苏佛教在弘法、教务、教育、慈善、管理、对外等事业的发展而广发大心、守正创新。

是为序。

秋　爽

于五峰古方丈

（中国佛教协会副秘书长

江苏省佛教协会常务副会长

苏州寒山寺方丈）

佛门龙象

茗山长老

茗山长老

中国佛教协会原副会长

江苏省佛教协会原会长

镇江焦山定慧寺原方文

镇江焦山定慧寺

茗山长老纪念堂

能忍自安
二〇〇〇年秋
若山

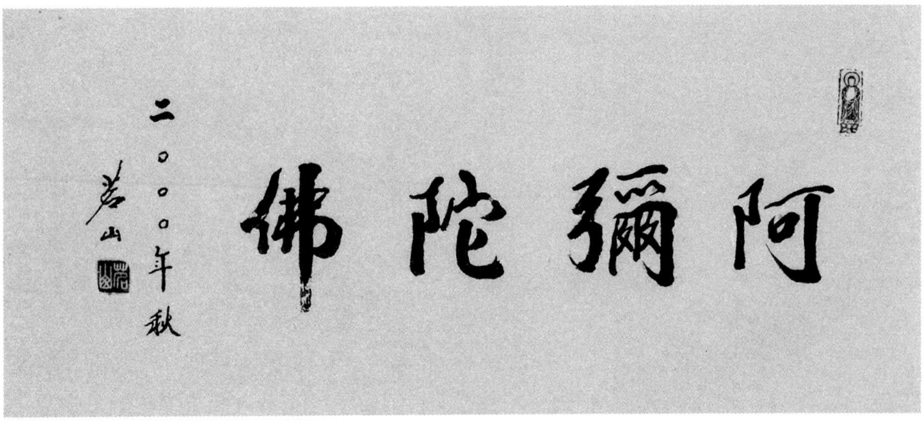
阿彌陀佛
二〇〇〇年秋

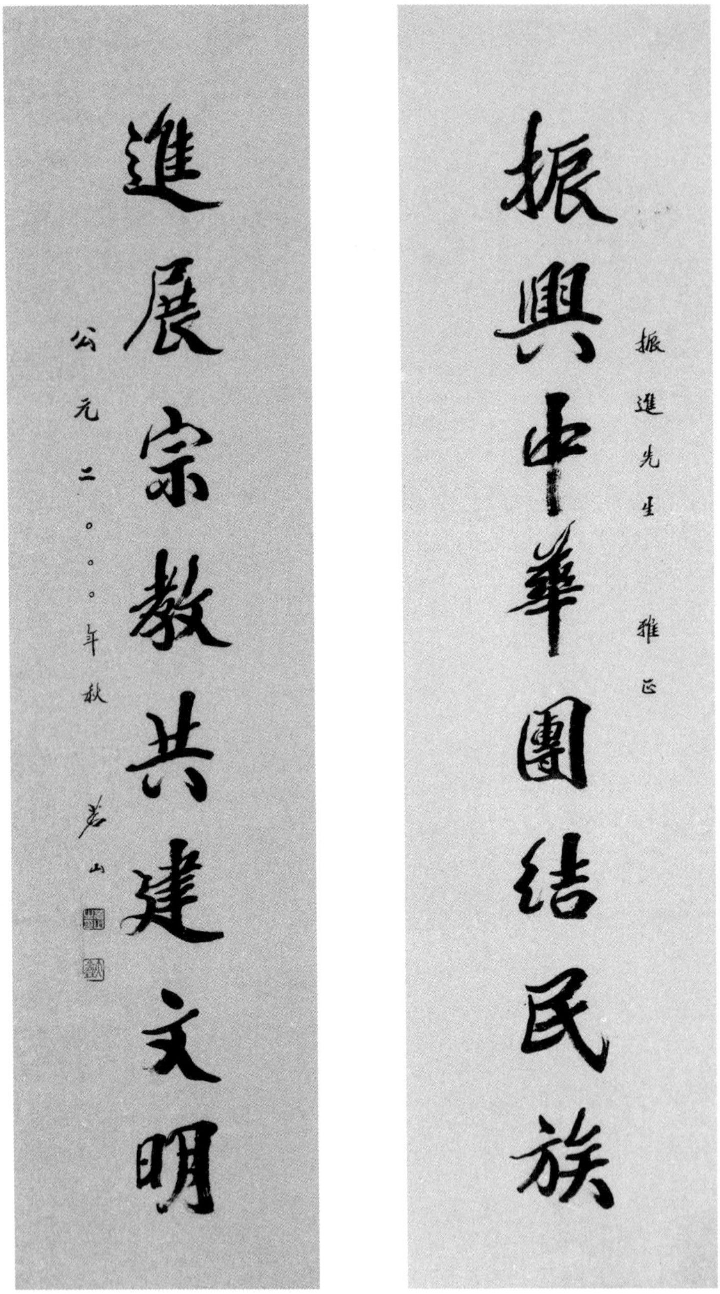
振進先生雅正
振興中華團结民族
進展宗教共建文明
公元二〇〇〇年秋
若山

那一年（2000.5-2001.5）

——纪念茗山长老圆寂二十周年

今年是茗山长老圆寂20周年，20年前的那年(2000年)，我调省宗教局工作，上班后就一头扎进天主教爱国主义教育活动，紧接着又致力于解决市级宗教部门进政府序列的事。茗山长老德高望重、声名远扬，我理应较多去亲近老人家，听取他的意见，关心他的健康，但一年里我只与茗老见过几次，且多是开会或接待。后来他生病住院，虽去看望多次，但他已经不能多说话了。最近，我翻阅了《茗山日记》，重点阅读了2000年5月至2001年5月那一年的“日记”，才算初步知道茗老当时的所思所为，才浅浅的懂得茗老做人做事的情结。

2000年的下半年，在忙完了悼念赵朴初先生的系列安排后，茗老应邀去浙江、广东、福建等地讲经、传法、送座近三个月，其间回省、回山开会或接待几日后又匆匆外出，直到当年春节前才又回到了焦山。这年茗老八十七岁，体弱多病，在外弘法期间因体力不支，常常需要挂水，九月进华东疗养院调理期间，完成了书画展的准备，晚上两次召开僧众会议，其为弘法利生、为佛忘躯的精神可以想见！

2001年的上半年，88岁高龄的茗老因春节前后法务繁忙、接待任务重而积劳成疾，2月初住进了镇江滨江医院，一边接受治疗，一边处理寺务，病情稍有好转，不是看报写字就是审读《茗山日记》，还接受了国内外媒体的采访。4月23日在无相法师和吴国平居士的安排下，住进了华东疗养院，时任中央统战部部长的王兆国同志4月30日在无锡祥符寺看望了茗山长老，5月7日茗老因病情加重转进了上海瑞金医院，直到6月1日与世长辞。这半年，茗老基本是在医院度过的，他以病为友，与时间赛跑，硬是为建山门等做好了各项准备，硬是完成了《茗山日记》等出版物的审理，其忘我境界令人难以忘怀！

那一年，茗老尽管为法务四处奔忙，但从来没有缺席过重大的政治活动。省委统战部举办"宗教与社会主义社会相适应"研讨会，他早早准备好了发言稿；省宗教局组织宗教团体负责人揭批梵蒂冈"封圣"和"法轮功"，他准时出席，踊跃发言。关于宗教与社会主义社会相适应，他在发言中是这样说的："佛教基本教义的理论，从始至终是随时随地和当时政治、经济、文化和社会制度相适应的，不然，佛教不能生存，更谈不到发展。"他还列举了所做的一系列"相适应"的实践，真实而生动地解读了"宗教与社会主义社会相适应"的理论。

那一年，茗老尽管面临许多要做的事，但他始终把培养接班人的大事放在首位。他主动请辞无锡祥符寺方丈，力荐无相法师接班，2000年11月8日举行仪式，亲自为无相法师送座；这年的11月他主持省佛协常务理事会，请辞中国佛教协副会长和省佛协会长，推荐明学法师继位，还讨论了出席中佛协换届会议的人事安排；这一年他传法于省内外一批年轻法师，并为其中多位送座。茗老读了一位青年僧人的论文后在日记中写道："我很庆幸佛教又有了接班人，他如一直坚持，到老不变，肯定是未来的高僧大德。我往生后，对佛教、对众生，上求下化，绍隆延法，续佛慧命，也就不担心了。"茗老对接班人，期望在胸、培养在肩的担当精神略见一斑！

那一年，茗老尽管年事已高，但他为寺庙的建设倾注了大量的心血。他礼贤下士，锲而不舍，争取政府支持，为寺造山门殿、放生池、钟鼓楼落实了规划；他抱病外出讲经说法，以书法广结善缘，为寺庙建设筹措了大量资金；他制定《焦山规约》，定期集众开示，举办华严法会等，为加强僧团建设做了大量基础工作。他在开示中是这样要求的：我特别强调“四不坏信”为信仰建设的基础，还要学修教义、教规，并深入钻研，以提高对佛法的认识，才能巩固信仰。他还强调“依法修行”为道风建设的根本，还要坚持上殿、过堂和个人修持。做经忏不可向钱看，要严肃，要诚心，当作自己修持福慧的时机。

那一年，茗山长老临终前写下了“遗偈”：“秋水鱼踪，长空鸟迹；若问何往，往生净域；觉而不迷，生必有灭；乘愿再来，何须悲泣？”这是一位修行者的觉悟，这是一位高僧的生死观，这是长者对后人的告慰！

那一年，茗山长老在临终一个月前写下了两副对联：(一)风调雨顺民安乐，山高水长国富强；(二)水天一色胸怀宽，风雨同舟友谊深。2001年4月30日原中央统战部部长王兆国看望他时，茗老将“水天一色胸怀宽，风雨同舟友谊深”的对联送给了王部长，并请其把“风调雨顺民安乐，山高水长国富强”的对联转交给江泽民同志，表达了茗山长老对“国富民强”的祝愿，表达了长老对党的统战工作的厚望，表达了老人家对中央领导的深情！

那一年，2000年9月我收到了茗山长老寄给我的墨宝：“振兴中华团结民族，进展宗教共建文明”。10月初，我见到茗老时当面表示了感谢，感谢他给了我墨宝，感谢他对我的期望和鼓励！当时茗老谦和地对我说：“我想这两句话较适合局长的工作。”20年后的今天，我可以欣慰地告诉茗老：“我没有辜负您老人家的期望”。

那一年还在眼前，二十年从没忘记！

慈舟长老

慈舟长老

中国佛教协会咨议委员会原副主席

江苏省佛教协会原副会长

镇江市佛教协会原会长

镇江金山江天禅寺原方丈

镇江金山江天禅寺

慈舟长老纪念堂

'00 11 0

茗山法师生平事迹收集整理工作座谈

焦山定慧寺新山门落

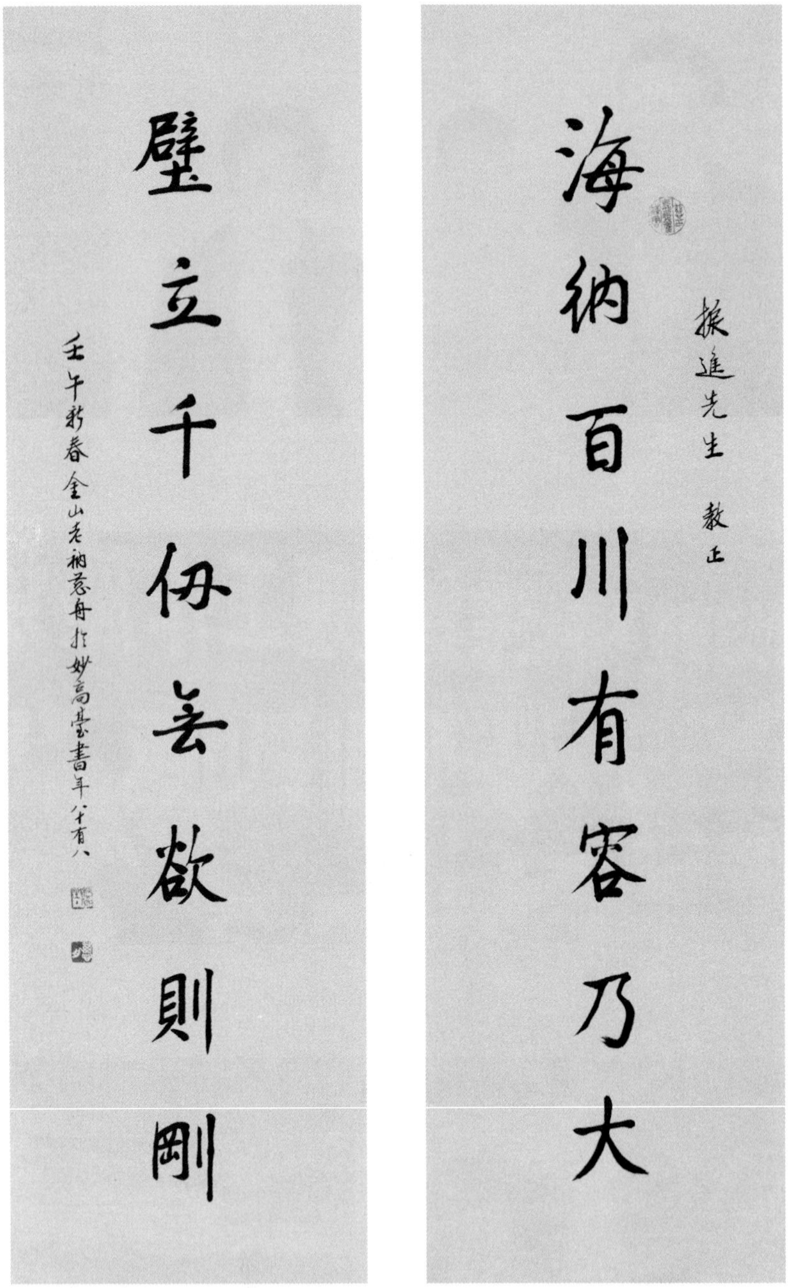
海纳百川有容乃大
振進先生 教正
壁立千仞无欲則剛
壬午新春金山老衲慈舟於妙高臺書年八十有八

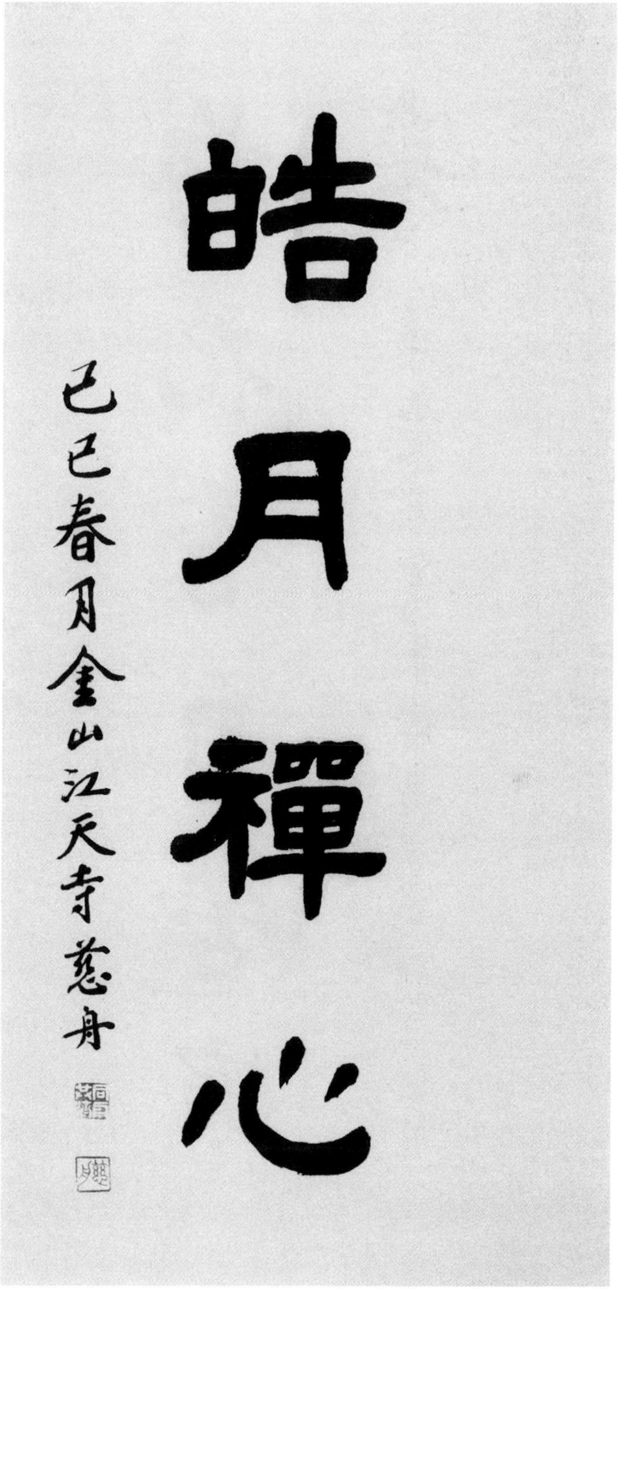
皓月禪心
己巳春月金山江天寺慈舟

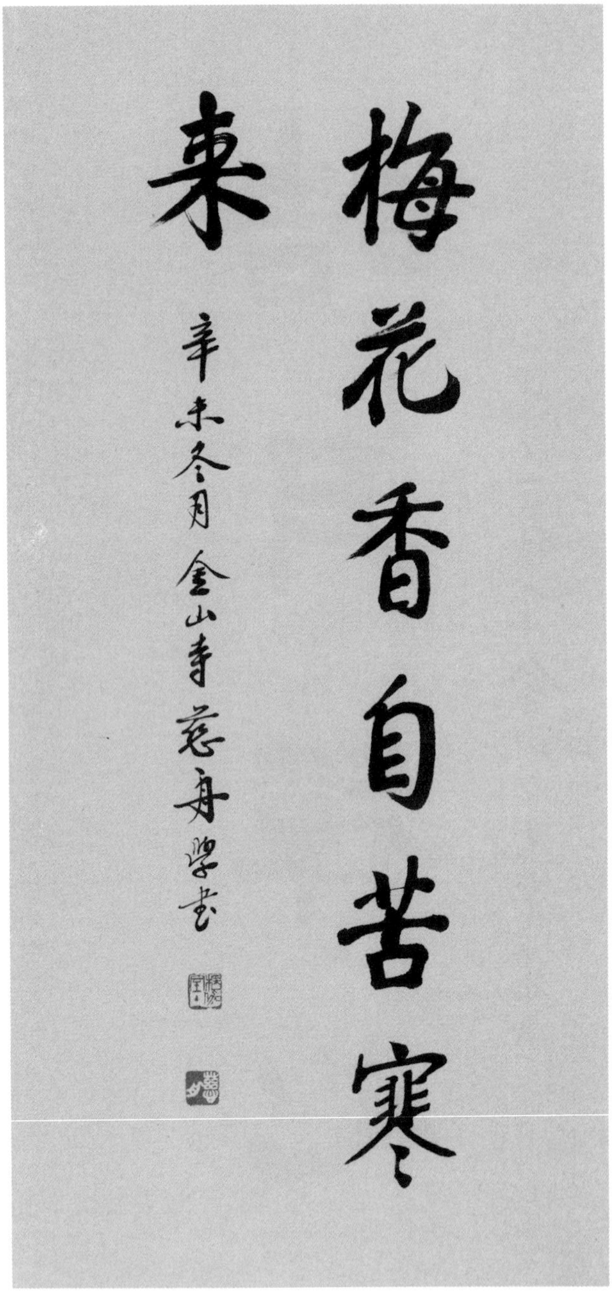
梅花香自苦寒来
辛未冬月 金山寺慈舟学书

悼慈舟长老

当代高僧慈舟禅师，诞自寒门，世代业农。童年罹难，双亲见背，孤独无依。幼慕佛门，决离世俗，寻师披剃。纵观慈老七十六年僧历，曲折艰辛，敢祈振锡，风雨兼程，精严梵行。

尤以一九八五年公举慈舟禅师为临济宗四十七方丈后，率领僧众，营造金山。一九九六年又兼任宝华山隆昌律寺住持。一尊法师，肩挑两座山。

师届耄耋之年，毕生佛教事业。壬午冬月，身示微疾，癸未正月，溘然圆寂。衰老辞世，人天悲痛。禅师远去，留下财富，后人楷模，传唱千古。

慈老爱徒心澄法师倡议为师编写纪念文集，省市宗教局、省佛协领导，十分重视，大力支持。现经编写组全体同志的努力，已将禅师的年谱及自传，历年的著述、法语及提案，来往书信，书法、绘画作品，以及禅师圆寂后唁电、祭文等，结集成册，合编一函，正式出版，以应广大信众的要求，重温一个老和尚走过的漫长历程，分享其在艰难跋涉中留给我们的财富。

慈舟禅师是位德高望重的高僧，他对中国佛教事业，孜孜不息，直到成功圆满，离我们而去，他对佛教事业的努力、继承、发扬，永远是信众学习的榜样。

（慈舟禅师纪念文集《追思绵绵》序言）

德林长老

德林长老

中国佛教协会咨议委员会原副主席

江苏省佛教协会原顾问

扬州市佛教协会原名誉会长

扬州高旻寺原方丈

扬州高旻寺

德林长老纪念堂

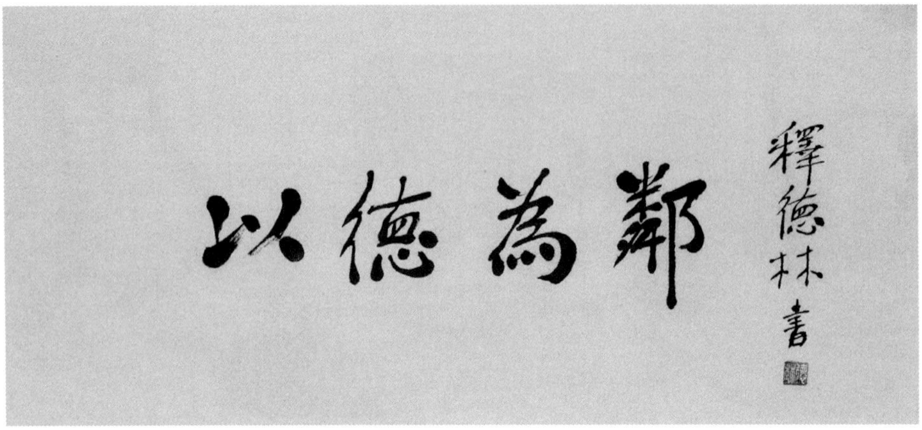
以德為鄰
釋德林書

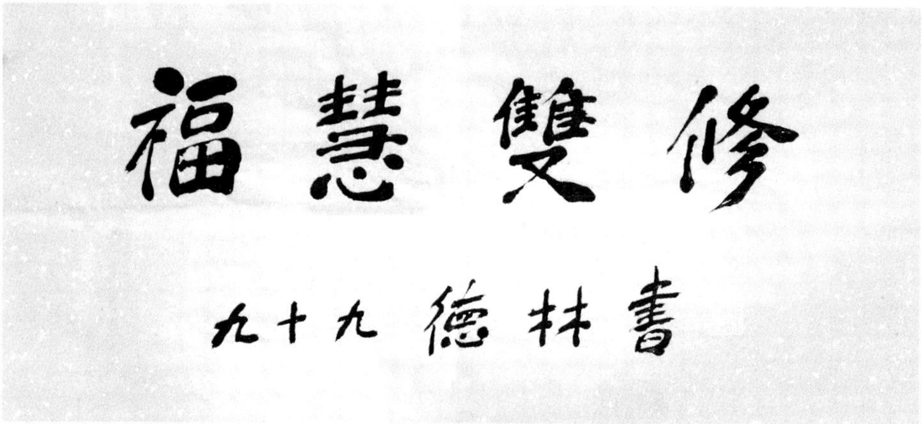
福慧雙修
九十九 德林書

福
百歲德林

悲智双运兴高旻

——我心中的德林长老

扬州高旻寺声名远播，最重要的是德林长老继承了虚云、来果老和尚的衣钵，与时俱进而又坚守传统，赢得了党和政府的认可，受到了海内外信众的拥戴！

来过高旻寺的人都会留下这样深刻的印象：一是大，寺庙占地面积大，有近二百亩；大雄宝殿与其他寺庙大不一样，有一座可供数百人打坐的大禅堂。二是特，无论是设施的布局，还是建筑的造型多有特点，藏经楼位于大雄宝殿的两侧，五百罗汉堂更具特色。三是严，从全年活动安排到寺庙的日常管理，都制定有严格的制度，“冬参夏学”贯穿始终，“农禅并重”出坡不辍，违者必遭棒喝！

“大、特、严”只是表相，从有相到无相，我们才能透视一代禅门泰斗德林长老的真性：传统的坚守、创新的愿力、育人的智慧、文化的自觉。

传统的坚守。德林长老19岁出家，70岁出任高旻寺住持，101岁乘鹤归西。老人家80多年如一日，建寺安僧、整肃规约，坚守着禅宗专门道场的宗风：出坡坐香雷打不动，一砖一瓦亲力亲为，不卖门票不做经忏一心办道，自净其意长年累月参禅。

创新的愿力。德林长老足不出户却关心天下大事，与时俱进统率大众弘法利生。他曾对记者说：“时代不同了，佛法的根本不能变，但佛法又是随缘的，与时俱进实为佛教的当务之急。”长期以来，德老一直是这样做的。他在坚持“禅七”制度的同时，新开了春夏诵经、讲经的法门，融参、学于一炉，在“净心”上发愿发力。

育人的智慧。德林老90岁那年，他多次坚决地要求退位并推荐文龙法师接班。令人不解的是这以后的十年里，不断传出德老要文龙“下台”的声音。去年德林长老圆寂后，弟子们传达了他临终嘱咐：“高旻寺眼下是困难时期，要护持好高旻寺，护持好文龙。”这是德老的初心，可以肯定的是老人家磨文龙是为了培植文龙、护持文龙，这就是一代禅门巨匠“棒喝”育人的大智慧！

文化的自觉。德林长老一生潜心于禅宗文化的挖掘和弘扬，他著书立说，能讲善辩，懂得建筑与设计，身体力行地打造了处处有文化的高旻寺，是位名副其实的“文化僧”！对于文化，德林老的定义是：“至于佛教，它是既世间而又超世间的统一的文化，三千威仪，八万细行，不是文化吗？历劫修行，六度万行，不是文化吗？……此之谓文化，我之愿也！”正是这样的“愿”，德老把高旻寺办成了“培育僧才的学府”，通过“参”和“学”净化人心，运用建筑设施表法培育僧众“无住”的菩提心。

既是严厉的慈者，又是善巧的智者，这就是我心中的德林长老！

佛门龙象

圆霖长老

圆霖长老

南京市江浦兜率寺原方丈

江浦兜率寺

圆霖长老纪念堂

嚴毘尼　禅浄雙修
弘教法　書畫度人

記圓霖老和尚

圓霖老和尚，俗姓杜，名振山。一九一六年九月生於淮北濉溪县。少時聰慧，親近佛門，尤喜書畫，名動鄉里。年卅一，遠赴上海，聽了願法師講《金剛經》，於應無所住而生其心一語，觸動靈根，發出世心，誓斷生死。遂入南京江蒲獅子嶺兜率寺，礼體義法師為師，披剃為僧，法名圓霖。次年，依了成和尚求受具足戒。後掛單靜修七年，深達浄土旨趣。

隆相

中国佛教协会副秘书长

江苏省佛教协会副会长

南京市佛教协会会长

南京栖霞寺方丈

長老於上海結夏、隨[illegible]
參禪、觀照念頭、棒喝交參、正念日增、後往五台山參學三年、事能海上師聞思法要、精進不息、深解律論、行歸淨土、於此期間、繪《五台山全景圖》、現為一方珍寶、住雲居山三年、隨侍虛雲老和尚左右、親承教法、得老和尚賞賜棕質蒲團一個、

一九八三年初春、復回獅子嶺任兜率寺住持、篳路藍縷、隨緣籌劃歷經二十餘年、逐成名山、規制、輪煥一新、恪守不化緣、不售門票、不經營之信念、農禪并重、復叢林風範、譽滿寰宇

長老一生以書畫為修行餘事、山僧舊習、早年工筆一絲不苟、晚歲寫意、簡約禪意、惟見墨綫勾勒、緒色淡然、素雅平澹中益增佛像之莊嚴、其書法、徧習諸家、後宗弘

一律師圓體楷書，其書畫藝術成為中國繪畫史上一座豐碑，被譽為繼五代貫休、南宋梁楷、牧谿之後一千年來中國禪畫又一高峰。長老於二〇〇八年五月安祥示寂，世壽九十三歲，僧臘六十餘載。為彰老和尚佛法修為和藝術成就，二〇一六年五月於棲霞古寺設圓霖法師藝術研究會，以為紀念！

公元二〇二一年六月二十日南京市

棲霞古寺住持隆相敬書

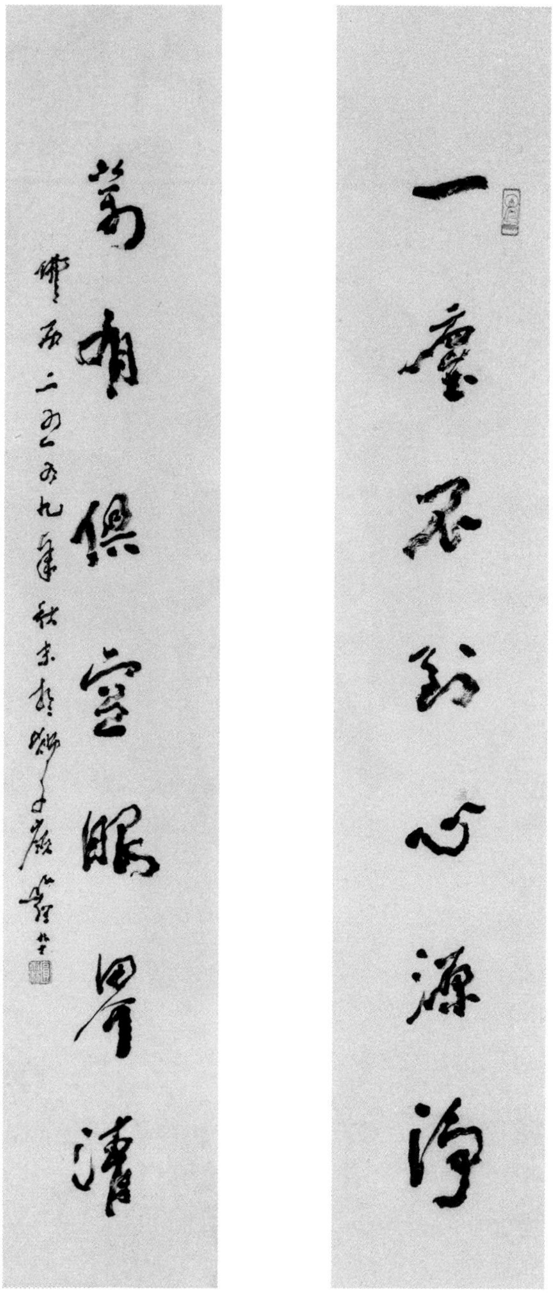
一尘不到心源净
万有俱空眼界清

佛

出神入化一画僧

——追忆南京兜率寺圆霖长老

南京江浦兜率寺地处老山深处，因名僧圆霖法师驻锡而闻名。我到省宗教局后常常听人介绍圆霖长老工于字画，兜率寺每日信众盈门。当时出于敬仰，我请江浦宗教局负责人引见，专程去拜访了老人家。我惊讶地看到，一位80多岁的知名老僧竟然住在半地下的陋室，睡一张单人小床还没蚊帐！我要县宗教局尽快帮庙里改善一下圆霖长老的生活条件，得到的回答是：老人家说什么也不肯！后来我几次出面动员圆霖长老引自来水上山，发现其执意不从，说喝山塘里的水“健康”。后来我想通了，原来老人家为的是修行！

我有幸获赠圆霖长老几张字画，除了送人尚有珍藏。品老人家字画令我欢喜、令我心静，“好在哪里”就说不出道道了。我从省内外书画大家的评赞中知道：圆霖长老善画佛像人物，早年工笔，晚年写意，意趣高古、虚静空灵；其山水画灵动率意、一任自然；他的书法直取李叔同笔意，多取材于佛经偈语，一手精醇的弘一体。其书画“有法”成方圆，“无法”成自然，圆融大方，出神入化。老人家佛事之余，写字作画，一生作品数以万计。广大信众有口皆碑，一致赞叹圆霖长老以笔墨为佛事，以书画为契机，见性布道，引度众生无数。

我在宗教部门工作期间，力推“文化兴寺”、书画先行，对画僧圆霖长老的关注自成当然。我到兜率寺参观过由老人家一手恢复兴建的山门、天王殿、玉佛殿、三圣殿和大慈塔，所见楹联、匾额、壁画、佛像皆为其所创，惟妙惟肖，令人向善学好！我到老人家住地请其为寺庙文化建设指点迷津，他总是笑而不语，低头挥笔依次为来者写字作画。在他这里只有“先后”，没有干部和百姓的分别！我顿然有悟：平常心、平等心就是文化！不是吗？老人家一生一世、一心一意，以书画表法，以众生平等的行持，上求佛道下化众生，深受社会各界的赞扬！

我是2007年8月离开省宗教局的，退下来后我每年都要去看望几位高僧大德，圆霖长老是其中之一。记得2008年4月下旬我去江浦兜率寺看望老人家，他正在发病，我立即告诉了鸡鸣寺莲华法师，请她联系好省人民医院的病床，我跟随寺里的车把老人送进了医院。没过多久听说圆霖长老圆寂了，那一天竟成为我与老人家的最后一次见面！今发心编写《珍藏的记忆——缅怀江苏一代高僧》，承省佛教协会大力支持，把圆霖长老也列其中，愿长老再来，望佛门多出现代画僧！

佛门龙象

明波长老

明波长老

扬州宝应县佛教协会原会长

宝应宁国寺原方丈

宝应宁国寺

明波长老纪念堂

明波长老行略

明波长老乃吾圆具时之正训阿阇黎也。字月静，俗姓钱，1917年生于江苏宝应县射阳古镇。自幼家道贫寒，而师慧根早发，喜亲近三宝，故于1926年礼本邑白衣庵地祥法师披剃。以沙弥身就读私塾，潜心文墨，又入本县嘉祥佛学研究社，攻读内典。1936年春，师年满二十，禀戒宝华，依德宽老和尚得戒。并留山十余载，精习三坛律仪，至此开启与律宗第一名山之甚深法缘。住山期间，先后被常住请为引礼、知客、知众及律学院监学等职。1946年受常住委派至焦山定慧寺，就读于太虚大师创办的中国佛教会会务人员训练班，学有所成。回山后，蒙妙柔法师推荐，任江都宝镇寺监院，妙老并授与心印，赐法名戒基，为南山宗千华第十九世法嗣。同时任空青山宝藏寺、宝应一宿庵监院。荷担道场、护寺安僧。

“文革”期间，师于逆境之中，不废修学。改革开放后，协同明秀长老等恢复宝应县圆通禅寺、宁国禅寺等道场，并亲任住持，同时兼任宝应县佛教协会首任会长。自1985年始，师应各方礼请，相继在上海玉佛寺、宝华山隆昌寺、常州天宁寺、南京栖霞寺、苏州戒幢寺、甘肃永明寺、汕头青云寺、台湾灵泉寺、台北弥勒内院、澳门无量寿功德林等道场或弘传戒法，或主持法会。足迹遍布祖国大江南北、两岸四地，成就戒子万余众。1996年师受家师慈舟老人礼请，回宝华山任律学院教授，向青年比丘传授濒临失传之律门祖规及传戒仪轨，并恢复了宝华山中断近五十载的结夏安居、半月布萨等古规。

2004年江苏佛乐团成立，师受邀担任梵呗指导，亲自为来自全省各地的百余位青年法师教授传统梵呗。经过近两月之排练，在无锡人民大会堂举行了首演，受到社会各界的高度好评。师在禅课之余，游心艺海，精于书法丹青，而金石篆刻及诗词楹联，皆有涉猎，且造诣非凡。师亦以此为弘法之方便，各方所求无不满愿，广结善缘。2008年6月19日中午，师娑婆缘尽，于宝应宁国寺安详舍报。世寿九十一岁，僧腊八十二载，戒腊七十二夏。

吾与师夙有因缘，初出家时即亲近座下，深蒙拔锲，受益良多，今追怀恩德，欲报无从。敬撰行略，以令师之度生事迹，不至如雁过空，而无痕影之可稽也。

大初合十

江苏省佛教协会副会长

南京市佛教协会副会长

泰州南山寺方丈

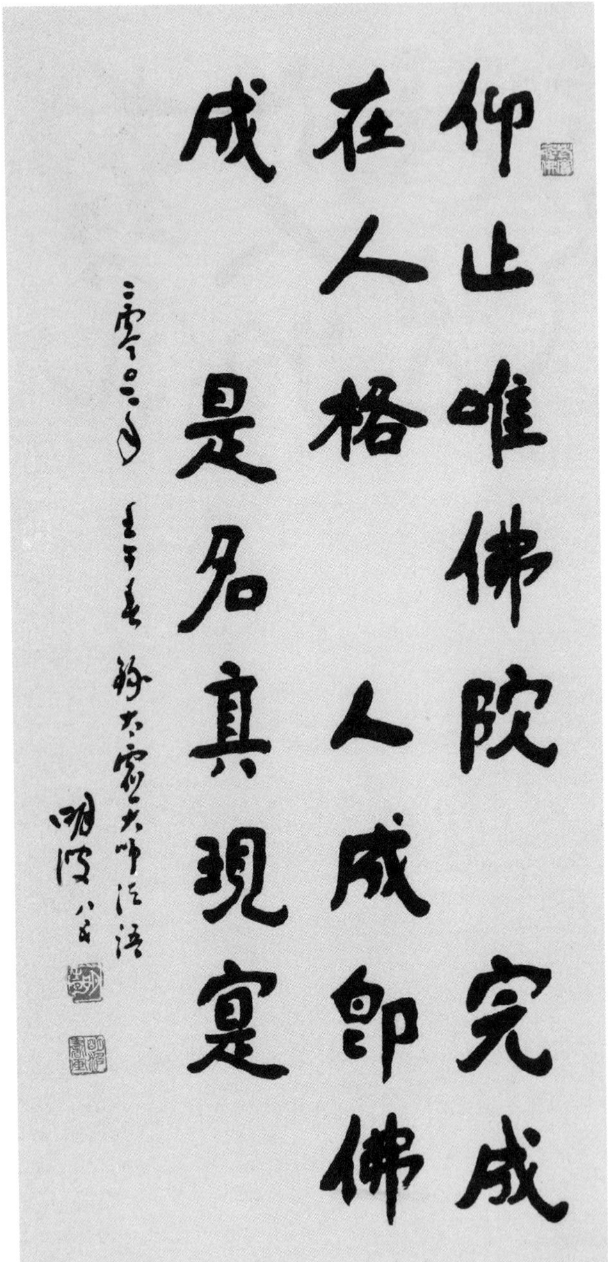
仰止唯佛陀 完成
在人格 人成即佛
成 是名真現實

学养深厚 功不唐捐

——追忆宝应宁国寺明波长老

明波长老是原扬州市宝应县宁国寺住持，老人家91岁那年生病住院，得知消息后我专程去探望过他。当时我虽不在宗教局，但感情依旧，在我心目中，明波长老为振兴江苏佛教做了很多实事，发挥了传承和引领的作用。

1936年明波长老在律宗名山镇江句容宝华山隆昌寺依妙柔老和尚得戒并常住，对于律事戒法有着极其深入的研究和行持，是公认的传灯续焰的开堂大师。从1985年开始，应各方礼请，明波长老多次随同茗山、真禅、明学等高僧在上海玉佛寺、常州天宁寺等国内著名寺院以及台湾、澳门地区弘传戒法，成就戒子万余人众，为律学的传承立下汗马功劳。曾记得我到省宗教局上班不久，适逢宝华山隆昌寺传戒，我去看望了正在那里领众熏修的明波长老，他给我留下的印象是：其神可敬，其形可亲！

2004年江苏佛协组建佛乐团，旨在发掘我省深厚的佛教音乐资源以弘扬佛教文化。明波长老对梵呗颇有研究，法器、唱念无一不会，是全国佛教界公认的苏派梵呗唱腔最为地道的几位长老之一，因此被推举为省佛教乐团的指导。时年87岁的他六十天如一日，与佛乐团的年轻法师同吃同住同排练。根据明波老的倡议和统筹，在不失佛教威仪的前提下，利用现代声光电手法，有效提升了梵呗音乐的艺术性。佛乐团在无锡人民大会堂首演成功，又在全省各地演出20多场，受到普遍好评。在总结大会上，明波长老深情地说：“我一直担心的是有失威仪，看了演出我放心了。”老人家如法如律传承佛法的责任心，值得我们永远继承和发扬！

明波长老学养深厚，还表现在其书画的水平。了解老人家的人都知道，他受过中国传统文化尤其是佛学的系统教育，自幼即时临池，笔耕不辍，一生无论顺逆，不管寒暑，坚持以丹青调伏身心，广结善缘。其书法师古不泥古，尤善草书，运笔自如，自成一家。其画也独具个人面貌，于四君子中尤推兰竹，既有板桥的神韵，更蕴佛家的禅境。江苏有一批僧人，拜当地书画名家为师习字学画，明波等长老发挥了榜样的作用！

明波长老归西十多年了，他留下的自挽联我们记忆犹新："明知是假还逐妄，毕竟未入般若智；波折平生焉无耻，最终还是门外人。"其境界是多么高尚！明老是明白人，明白自我！明老是修行人，明心见性！他是大海，海不扬波；他是菩萨，度己度人！

静海长老

静海长老

江苏省佛教协会原顾问

常州市佛教协会原名誉会长

常州武进佛教协会原会长

武进大林寺原方丈

武进大林寺

静海禅师纪念堂

循著恩師的足跡前行

常州大林禪寺中興法主靜涵長老，號肇廣，字大繼，俗名喻川秀。曾任大林禪寺方丈、武進縣（市）佛教協會會長、常州市佛教協會顧問、江蘇省佛教協會顧問等職。二〇一〇年五月，主動讓賢，被尊為大林禪寺法主。二〇一九年七月二十九日（歲次己亥六月二十七日）十七時三十八分，師父在大林禪寺退居寮圓滿功德、安詳示寂，世壽一百零一歲，僧臘八十七年，戒臘八十六夏。

靜涵長老一九一九年出生於江蘇興化縣大垛鎮。一九三二年依本邑大垛關帝廟依恒常老和尚、智祥大和尚披剃出家；一九三三年在蘇州任寺管會委員、天寧佛學院講師、常州市佛教協會辦公室主任。一九八九年六月二十八日，為復興千年古剎大林禪寺，年逾古稀的靜涵長老應武進縣禮請，辭去天寧寺一切職務，帶上多年積

达　胜

常州市佛教协会副会长

常州经开区佛教协会会长

武进大林寺方丈

攢的一萬五千元，開始了他三十年上下求索，精進不懈，重興大林的艱苦創業之路。三十餘年中，靜海長老矢志不移，願力堅固，相繼恢復重建了天王殿、大雄寶殿、地藏殿、齋堂、萬佛樓、五百羅漢殿、華嚴寶塔、念佛堂、佛學院、放生池和佛名殿等，使千年古剎煥然一新，躋身江蘇省二十一座重點寺院之一。靜海長老堅持發揚愛國愛教優秀傳統，緊抓道風建設，在他的帶領下，大林寺建有等院管理制度，開元寺依守方大和尚座下受具足戒，一九三五年入天寧佛學院學習，一九三七年以優異的成績升入鎮江焦山佛學院學習，為該院第一期正科畢業生。一九四一年，又赴靈隱寺等名剎伽藍參學，次年再入浙江大學文學院本科班深造，佛學及文化修為日益精進。浙江大學畢業後，靜海長老秉持初心，毅然回天寧佛學院任教，又被委以無錫漢藏佛學院教務長重任。上世紀五十年代，受國家遴選，入編人民教師隊伍，先後在常州、武進、宜興等地從教十多年，曾獲常州市模範教師稱號。改革開放後，黨的宗教政策得到恢復和落實，

長老欣然接受政府徵召調回天寧寺《消防和安全制度》、《財務制度》等一系列制度。二〇〇五年十月，靜海長老還創辦了江蘇武進佛學院（現為江蘇佛學院大林學院），並親任院長，雖百歲高齡仍堅持編寫講義，宣揚佛法，傳道解惑，培養人才，為現代佛教的發展作出了積極貢獻。

我少年依恩師靜海長老披剃出家，三十多年來，常隨恩師左右，耳濡目染，受益良多。恩師教誨，如春風瑞雨，滋育我心；恩師修為，如明燈一盞，照我前行；恩師慈容，如影在昨，永駐心頭。恩師的一生，是愛國愛教的一生，是精進慈悲的一生，是正信正行的一生。我將繼承恩師遺願，率大林禪寺全體僧衆，在黨和政府的領導下，發揚中華佛教優秀傳統，不斷加強自身建設，與時俱進，服務社會，光大禪門，普澤大衆，推動大林禪寺健康發展。

歲次辛丑年五月大林禪寺達勝百拜書

静 涛

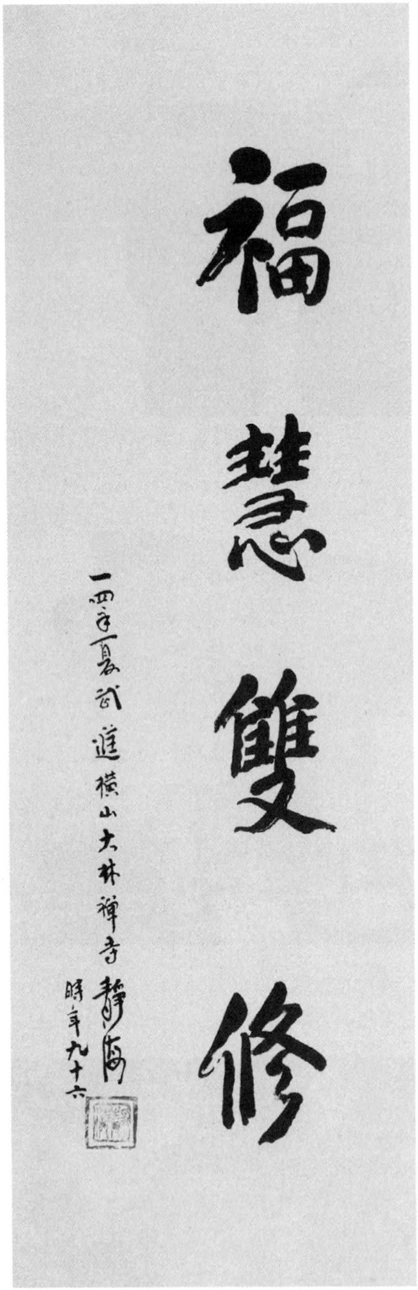
福慧雙修
一四年夏 武進橫山大林禪寺 靜海
時年九十六

人安茅屋靜
心淡世路平

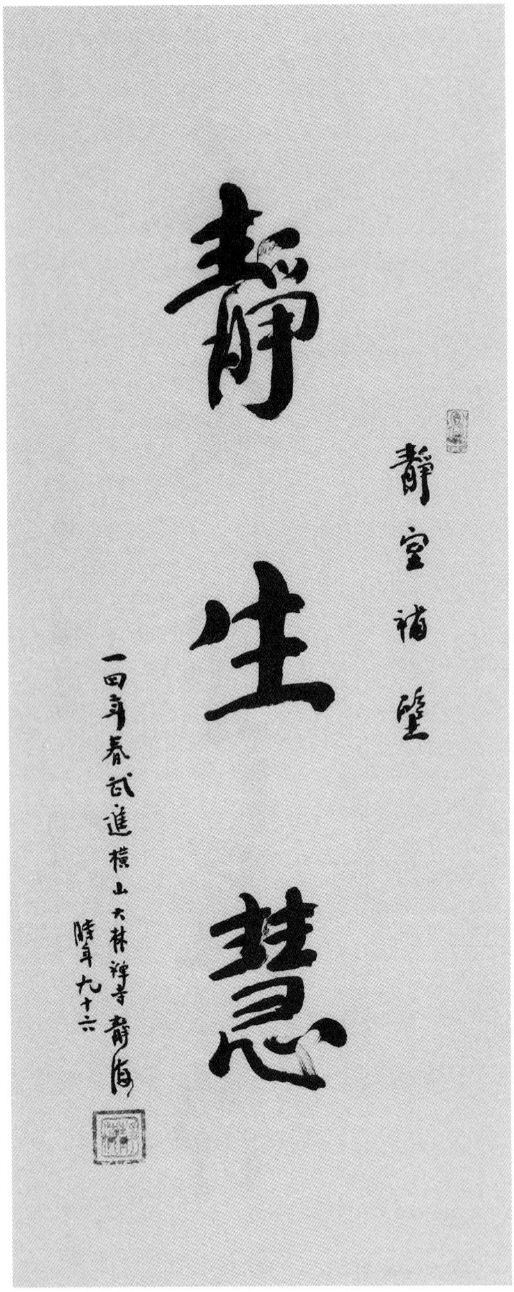
靜生慧
靜室補壁
一四年春武進橫山大林禪寺 靜海
時年九十六

一位智慧老人

——永远活在心中的静海长老

来往于沪宁高速线上，每当路过常州横山桥段的时候，总是被两座宝塔所吸引：一座在山巅，一座在山腰，给人带来宁静与祥和。后来到宗教部门工作，经请教才知道，那坐落在山腰有宝塔的寺庙，叫大林寺，方丈是一位九十多岁的老和尚。

记得2004年的一天，一位老法师带着国家宗教局领导的信找到我，为的是申办佛学院，这位老僧竟是我想认识的武进大林寺方丈静海。当时老人说了很多申办佛学院的理由，我为他的真诚所打动！过了些日子，省宗教局在武进召开会议，会议结束我下楼时，才知道静海长老等我多时，还是为办佛学院的事，又一次为他执着的精神感动！事后武进、常州市宗教局送来申办“武进佛学院”的报告，省宗教局破例给予批复。我回忆在宗教局工作近八年，宗教界人士找我们解决的实际问题很多，但要求办佛学院唯有静海长老。我暗自佩服，但并不理解一个正处于恢复建设期的县区小庙为什么办教育的积极性这么高？

拿到批文后的静海长老，马不停蹄，在不到两年里耗资500万元，新建了2000平米的校舍，2005年10月举行了佛学院开学典礼，踏上了“办学育才”的征程，诠释了长老将教育作为头等大事的智慧！十多年来，长老靠智慧不断完善教学设施，靠智慧不断充实师资力量，靠智慧不断健全各项制度。他身体力行，他慈悲喜舍，他悲智双运，把佛学院办得有声有息，终于跻身于“江苏佛学院”的行列。

我终于明白了静海长老的良苦用心，观到了老人家“育才、容才、用才”的大智慧！要知道，培养人才可是项系统工程，对于寺庙尤其是住持，除自己的发心和坚持，更需要各级党政部门的帮助，还需要社会各界及其信众的支持。所有这些，静海长老都做到了，慈悲智慧支撑了系统工程，培养使用人才的目标顺利实现。其学生慧闻接班当选武进佛协会长，他主动让位于弟子达胜升任大林寺方丈。这一切都是水到渠成、如愿以偿，这一切政府支持、信众赞许，这一切见证了静海长老超人的智慧！

静海长老出身寒门，自幼失去双亲。他发奋读书，四处参学，“艰难困苦、玉汝于成”，由“穷小子”成为“文化人”，读了大学，当过教师。他得益于教育，热爱教育，懂得教育，他那么重视教育是发自内心的，是其慧根决定的。

静海长老九十八岁那年我去看他，他表达了回家乡兴化看看，去如东国清寺那边看看的愿望，我答应过他选择不冷不热的季节陪他一起走走。他过了百岁生日后，我给达胜法师打过几次电话，问长老身体怎样？得到的消息都是“在医院”，直到他驾鹤西去！成为我一大遗憾的是，没能陪老人回家乡兴化沐浴水的文化，没能陪老人去如东海边享受海的心量！

静水流深，海不扬波。名副其实的智慧老人，静海法师永远活在我们心中！

性空长老

性空长老

江苏省佛教协会原名誉会长

苏州市佛教协会原顾问

苏州寒山寺原方丈

苏州寒山寺

性空长老纪念堂

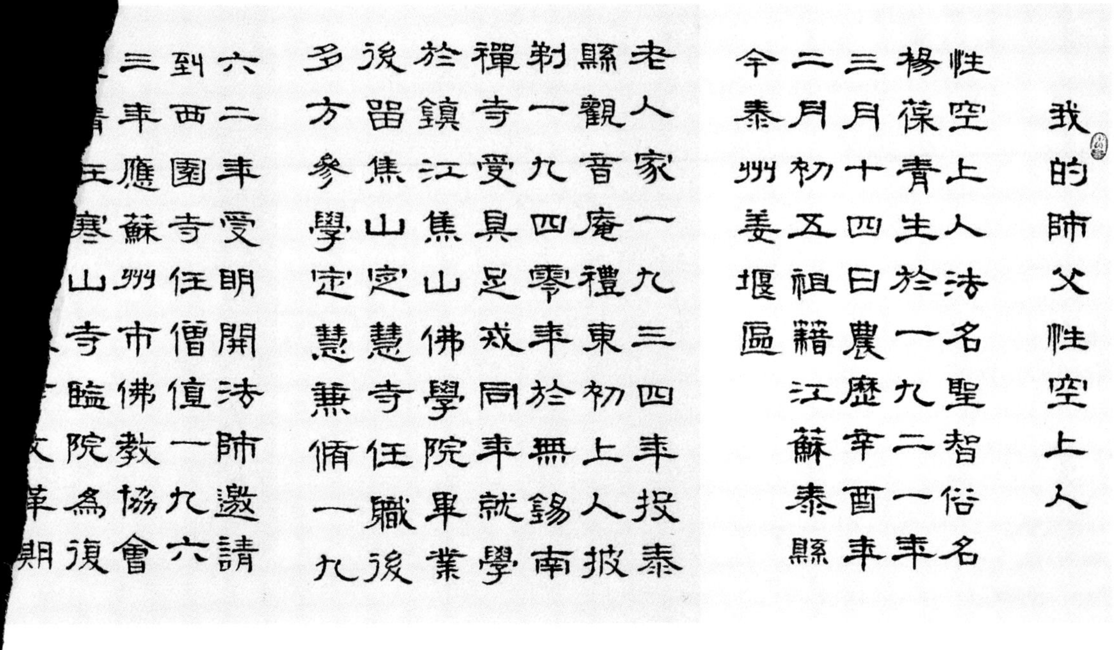
我的師父性空上人
性空上人法名聖智俗名
楊葆青生於一九二一年
三月十四日農歷辛酉年
二月初五祖籍江蘇泰縣
今泰州姜堰區
老人家一九三四年投泰
縣觀音庵禮東初上人披
剃一九四零年於無錫南
禪寺受具足戒同年就學
於鎮江焦山佛學院畢業
後留焦山定慧寺任職後
多方參學定慧兼脩一九
六二年受明開法師邀請
到西園寺任僧值一九六
三年應蘇州市佛教協會
請寒山寺臨院為復
期

秋爽

中国佛教协会副秘书长

江苏省佛教协会常务副会长

苏州寒山寺方丈

禮請
興古刹倍受艱
間下放昆山勞動期間為
保護寒山寺文物左所不

恪恪盡職守一九七八年
再由寒山寺主持恢復工
作以中興和合祖庭為之
任并於一九八四年八月
任寒山寺住持自此寒山
道場興盛名聞遐邇一九
九二年恢復重建寒山寺

普明寶塔一九九六年寶
塔落成結束了寒山寺自
元以来六百多年間只聞
鐘聲不見塔影的遺憾二
零零二年退居任法主和
尚
師父德範宏淵歷任中國

佛教協會咨議委員會委
員江蘇省佛教協會副會
長顧問名譽會長蘇州市
佛教協會副會長顧問蘇
州市政協常委等職
師父秋珠圓淨定水淵澄
道業精進宗風遠播左協

助黨和政府落實宗教信
仰自由政策重興道場培
養曾十卬恣村主社會慈

善對外交往等方面都作出了重要貢獻在僧團管理上尤重信仰建設道風建設教制建設踐行人間佛教思想高舉愛國愛教旗幟備受各界尊敬老人家承寒山歷代方丈傳統禪余不離筆硯詩書畫三絕有佛門鐵筆之譽書畫作品質樸而入禪境受到海內外之推崇

性空上人世緣已盡功德圓滿於公元二零一七年十二月十二日農曆丁酉年十月二十五日八時五十八分安祥示寂世壽九十七歲僧臘八十二年戒臘七十七夏

我們要繼承師父上人的遺願傳承寒山家風挖掘和合文化弘揚正法培養人才嚴持淨戒把寒山家風代代相傳

歲次辛丑夏月

弟子穗爽拜書

月落烏啼霜滿天江楓

漁火對愁眠姑蘇城外寒

山寺夜半鐘聲到客船

唐張継楓橋夜泊詩

蘇州寒山寺性空書

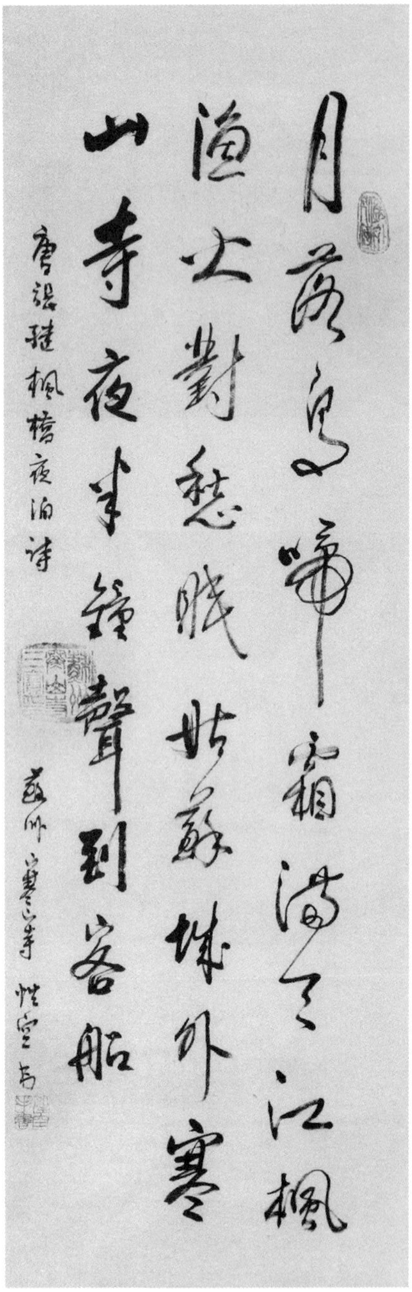

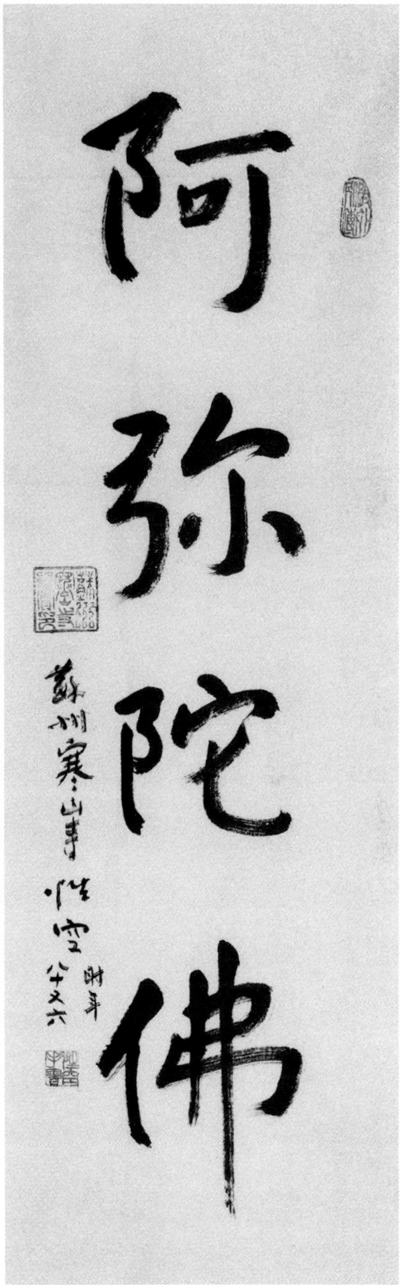
阿弥陀佛
苏州寒山寺
性空
时年
八十又六

大道无语

——缅怀性空长老

性空长老2002年交班秋爽法师住持的苏州寒山寺，十八年来有了翻天覆地的变化！我们在深情缅怀性老的时刻，由衷祝贺秋爽法师住持寒山寺取得的骄人业绩！

我是2000年5月到省宗教局工作的，见证了性空长老退居的前前后后。记得我到宗教局那年，性老因伤卧床，我去看望过几次，经过较长时间的调养他才逐步恢复了健康。有一次，老人家向我提出了退居推荐秋爽法师接班的要求，当时我只是对老人家说：现在您身体好了，寒山寺还得靠您！没过多久，性空长老在出席省佛教协会召开的会议上正式提出退居的申请，同时向省市宗教部门送了请辞报告。所有这些让我们看到了老人家主动让贤的真心！当时这在江苏乃至全国佛教界都是少见的。按照性老的意愿，省市宗教局协同省市佛协按程序办妥手续，为秋爽法师举行了升座仪式，性空老和尚满心欢喜地交出权杖，饱含深情地送秋爽法师升座，一时间“和合”道场洋溢着新老交替、协力同心的空前盛况！

2007年8月我到龄卸任。任职期间我目睹退居后的性老，身体日渐见好，性情也一天比一天开朗，“佛门铁笔”又现昔日辉煌！我每次去苏州总要去看看他，亲近这位可敬的老和尚！每次见面时，老人家讲话不多，但笑脸常在。我从照顾他的居士那里得知，性老退后身体好起来的主要原因是心态好，他亲点的接班人能做事让他放心！秋爽法师始终不忘师恩，对师父照顾有加，道业精进有成。可以想见，生活在这样“和合”氛围里的性空长老，是多么安心和开心！

性空长老89岁那年，有一天秋爽法师给我打来电话，说老人家中风住院了。我立即从家里赶到苏州医院探望，当时老人家不省人事，秋爽法师坐镇指挥正在抢救，情况很不乐观！没想到性老转危为安了，不过打这以后老人家就再也没有开口说话了！性老从医院回到庙里，以卧床为主，衣服要人穿，吃饭靠人喂，有话讲不出，脑子很清楚。在长达近十年里，秋爽法师安排专人精心护理。期间虽然多次出现过“情况”，但总是有惊无险，性老坚强地活着，活到了97岁安详示寂！我常常感叹性空长老的生命力，其顽强的生命力源于他对寒山寺一草一木的难以割舍，源于他同寒山寺四众弟子的手足之情，源于他对寒山寺蓬勃向上、一往直前所寄托的厚望！

性空长老和我父母同龄，我父母米寿时他还送了寿联，这样的缘份使我对老人家多了一份亲情，我退休后坚持每年去看他。性老性格内向，寡言少语，但他炯炯有神的双目送给我们的是慈祥的光芒。我与他相处十多年，从来没有听老人家讲过任何人的不是，他始终保持着“苦而不言、喜而无语”的平常心，我所钦佩的正是老人家这种大道风范和无私情怀！

明学长老

明学长老

中国佛教协会咨议委员会原主席

江苏省佛教协会原会长

苏州灵岩山寺原方丈

苏州灵岩山寺

明学长老纪念堂

明学长老生平

明学长老，法名传慧，号德本，生于1923年农历二月初八，祖籍浙江湖州，俗名冯祖慎。

1947年8月，到灵岩山寺修持念佛法门；1948年农历二月，依普陀山三圣堂真达老和尚出家，同年于南京宝华山隆昌寺受具足戒；1949年4月至11月，赴福州舍利院礼慈舟法师学律，学成后回灵岩山寺管理库房；1956年，任灵岩山寺监院，同年入学中国佛学院本科班(北京)，四年毕业后返回灵岩山寺任监院。

“文革”期间，明学长老到苏州天平果园劳动近十年；1979年底，明学长老再度返回灵岩山寺主持寺庙恢复工作；1980年冬，明学长老升任灵岩山寺住持。同年12月，在时任中国佛教协会赵朴初会长的支持下，创办中国佛学院灵岩山分院，以“学修一体化，学僧生活丛林化”为办学宗旨，毕业学僧遍布海内外。明学长老为重振灵岩山寺十方专修净土道场，恪守印光大师制定的“五条规约”，于1981年制订了《灵岩山寺共住规约》。长老不仅严格按照《共住规约》要求僧众，自己亦身体力行遵守规约，使灵岩山寺道风丕振。

明学长老道范宏深，倍受各界敬仰，历任中国佛教协会副会长、中国佛学院副院长、中国佛教协会咨议委员会主席、江苏省暨苏州市佛教协会会长、名誉会长，江苏省政协常委、苏州市政协常委、北京法源寺方丈、苏州灵岩山寺方丈、中国佛学院灵岩山分院院长、中国佛学院栖霞山分院院长、苏州寒山书院院长等职。

2016年12月2日(农历丙申年十一月初四)22时整，一代高僧、净宗泰斗，上明下学长老于灵岩山寺安详示寂，世寿94岁。僧腊69年，戒腊69夏。

明学长老一生爱国爱教、生活简朴、注重道风、兴办教育、成就信众、慈悲为怀，无我利他，其嘉德懿行，是中国佛教界公认的杰出楷模！

我们要继承明学长老的遗志，以长老为榜样，牢记解脱觉悟的发心，秉持自度度人的宏愿，同愿同行，勇猛精进，在党和政府的领导下，在诸山长老的加持下，广大善信护持下，始终坚持佛教中国化方向，走与社会主义社会相适应的道路，共同把灵岩山寺建设成清清静静、干干净净、安安静静的十方丛林，把中国佛学院灵岩山分院庄严成绍隆佛种、续佛慧命的僧伽人才摇篮，以此告慰长老于常寂光中。

宏度和南

中国佛教协会副秘书长

江苏省佛教协会副会长

灵岩山寺方丈

土法門普被三根

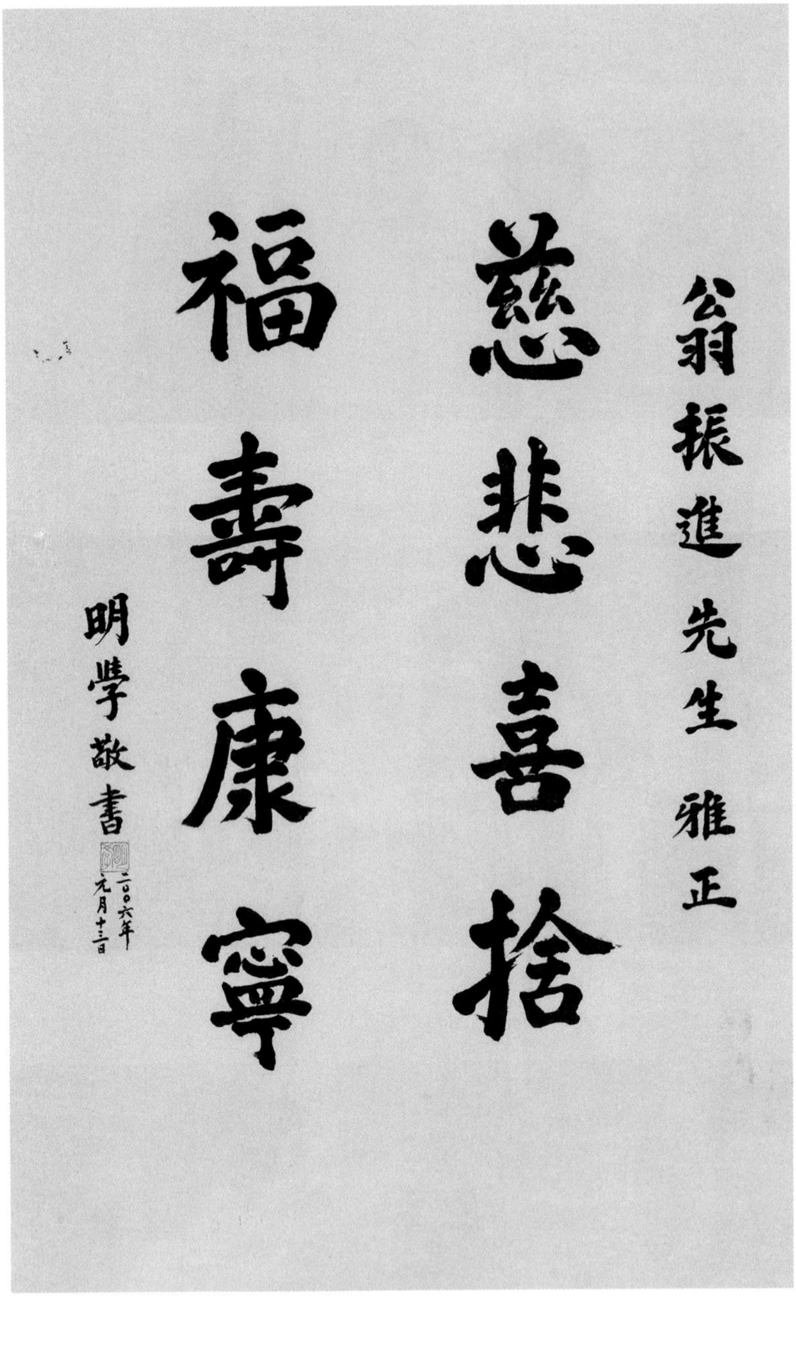
翁振進先生雅正
慈悲喜捨
福壽康寧
明學敬書
二〇〇六年九月十三日

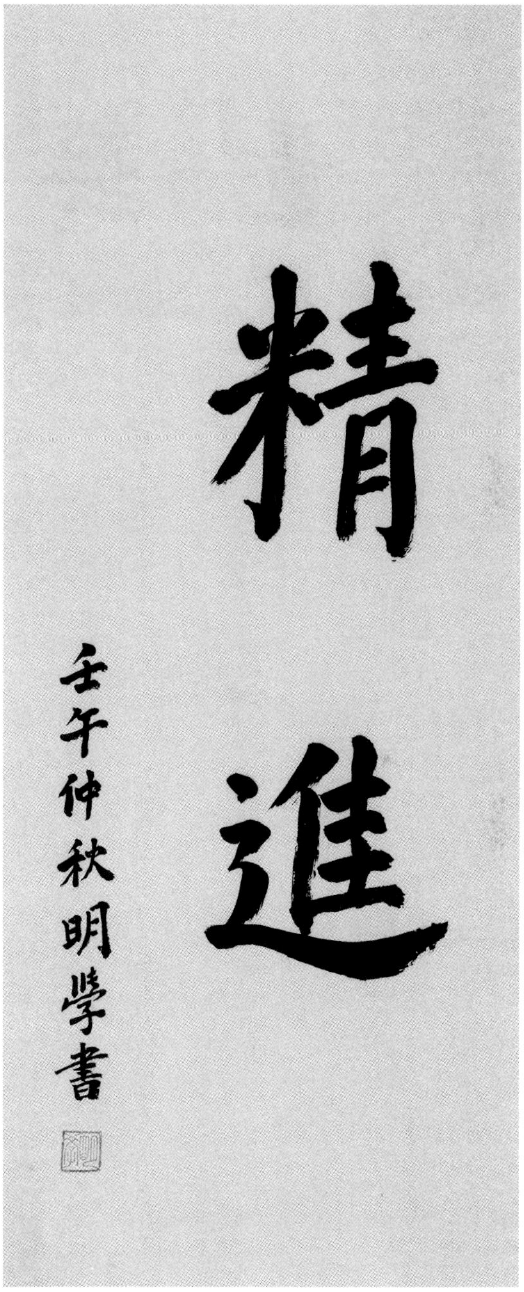
精進
壬午仲秋明學書

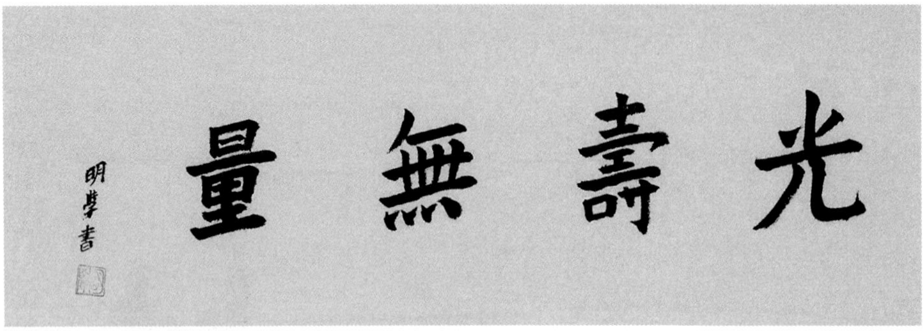
光壽無量

高山仰止

——纪念明学长老圆寂三周年座谈发言

我以“高山仰止”为题，表达对明学长老的崇敬之心、怀念之情！

2000年我到省宗教局工作，2003年1月明学长老当选为省佛协会长，我见证了他老人家的为人做事。

一、他不辱使命，带领江苏佛教走上全国高地。明学长老任省佛协会长期间，江苏佛教办成了几件大事：一是在无锡灵山建成了梵宫，承办了第二届世界佛教论坛；二是常州天宁寺建造了153.79米高的天宁宝塔；三是苏州寒山寺兴建了大钟(120吨)楼；四是创办了扬州鉴真佛学院和鉴真图书馆；五是恢复重建苏州重元寺等等。明学长老带领省佛协一班人开展了一系列利国利民的工作，其中突出的有：一是为弘传佛教文化，成立了省佛乐团、创办了圆缘书画院、举办了素食烹饪比赛等；二是为加强僧团建设，开展了对假僧假道、非法场所的专项治理，在全省寺庙开展“学政治、学法规、学文化”的“三学”活动；三是为更好地服务社会，省佛协组织开展了慈善日、慈善周、慈善月活动，推广苏州寒山寺办慈善超市的经验。以上这些，受到了国家宗教局的肯定，得到了全国佛教界的认可！今天江苏佛教仍然坚守在中国佛教的高地上，这是后来人对前人最好的回报！

二、他登高望远，坚持办学培养僧才为佛教做贡献。在赵朴初先生的关心支持下，明学长老创办了“中国佛学院灵岩山分院”，1980年12月正式挂牌，坚持自力更生办学30多年，为佛教输送了一批批人才。去年我去福建武夷山，那里有一座叫“天心永乐禅寺”的庙，住持泽道法师就是灵岩山佛学院的学生。他告诉我们，他能在大红袍祖庭生根开花，在大山中把寺庙建成现在这样，就是发扬了灵岩山寺的艰苦奋斗精神！我们知道，明学长老坚持办学几十年，为佛教培养了大批有用人才，全靠老人家不忘初心，始终坚持了“培养爱国爱教、担负弘扬佛法、住持圣教责任的人才”的办学目标，坚持了“教遵天台，行归净土”的教学方针，坚持了“学僧生活丛林化，学修一体化”的教学方式，坚持了“三学并重，五明兼顾”的教学特色。我们欣然地看到，随着江苏佛学院的开办和运行，我省佛教又登上了新的台阶！

三、他恪守祖训，把灵岩山寺建成了全国样板丛林。灵岩山寺是印光大师的道场，明学长老1947年来到灵岩山寺后就没有离开过这里。1980年明老升任方丈后，几十年如一日，牢记祖训，一心念佛，把灵岩山寺建成了全国的样板丛林，深受赵朴初先生的赞扬！明老忠实坚守印祖规约，坚定践行印祖家风，从自己做起，从点滴做起，平平凡凡，脚踏实地，硬是坚守了灵岩山寺这一方净土，多年来登山朝礼者四季络绎不绝，海内外信众来了还往。

令人高兴的是，今天的江苏佛教，在省委统战部、省民宗委的正确领导下，始终与习近平同志为核心的党中央保持一致，在坚持中国化方向、爱国爱教、扶贫济困、培养僧才等方面都取得了骄人的成绩，这一切都是对明学长老最好的悼念！

高山仰止，长老千古！

松纯长老

松纯长老

中国佛教协会咨议委员会原副主席

江苏省佛教协会原名誉会长

常州市佛教协会原会长

常州天宁寺原方丈

常州天宁寺

松纯长老纪念堂

松纯大成禅师

恩师松纯长老，生于1927年，江苏兴化人，俗名孙正宏，法名大成，号松纯，字灵苗。师自幼聪慧，本具佛性，九岁在东台鲍舍庵依守恒法师出家，二十岁，前往句容宝华山隆昌寺求受三坛大戒，后又去扬州高旻寺、镇江金山寺等名刹参学，并至常州天宁禅寺佛学院就读，继赴上海佛学院深造。毕业后，天宁禅寺敏智方丈请职，师任汤药，后任衣钵，1953年，高票当选为天宁禅寺总代表。1956年师入中国佛学院深造。1958年返回天宁禅寺，先后任知客、监院及寺管会秘书长等职。1966年秋季，天宁禅寺僧众被迫离寺，师被安排从事供销工作十三年，历尽艰苦，师仍不改初衷。1979年11月，师重返天宁禅寺，1980年起参与主持修复天宁禅寺。历时六载，一期工程圆满告竣。1986年，师被举荐为天宁禅寺代方丈。1990年11月1日（农历九月十五日）升座任天宁寺方丈。1996年，师兼任我国台湾妙法寺方丈。1998年师又远赴美国纽约观音寺兼任方丈，为东、西方佛教文化的交流架起了一座桥梁。2000年，台湾台北县竹林寺又请师兼任方丈。2002年师发愿重建天宁宝塔，历时五载功德圆满，2007年4月30日由来自世界各地的108位高僧大德与万余信众一起为天宁宝塔落成举行开光大典。公元2017年8月18日（岁次丁酉闰六月廿七日）十四时五十八分，松纯长老于天宁禅寺达摩阁安详示寂，世寿九十一岁，僧腊八十三载，戒腊七十二夏。一代高僧，圆寂西归，世缘既尽，舍却尘劳，四众哀恸，海天同悲。8月24日上午九时，松纯长老示寂追思会在常州天宁禅寺大雄宝殿前举行。恩师一生矢志梵行、信仰坚定、爱国爱教，以复兴祖庭、建寺安僧、佛教教育、慈善事业、中兴天宁为己任，为佛教的发展做出了重大贡献。我一定学习恩师“将此身心奉尘刹”的爱国爱教、慈悲济世的奉献精神，学习他坚守传统、继承宗风的高尚品德，学习他勤俭朴实、淡泊名利的忘我境界，为当代中国佛教事业的健康发展勇猛精进。

廓塵合十

江苏省佛教协会副会长

常州市佛教协会会长

常州天宁寺方丈

新年快樂

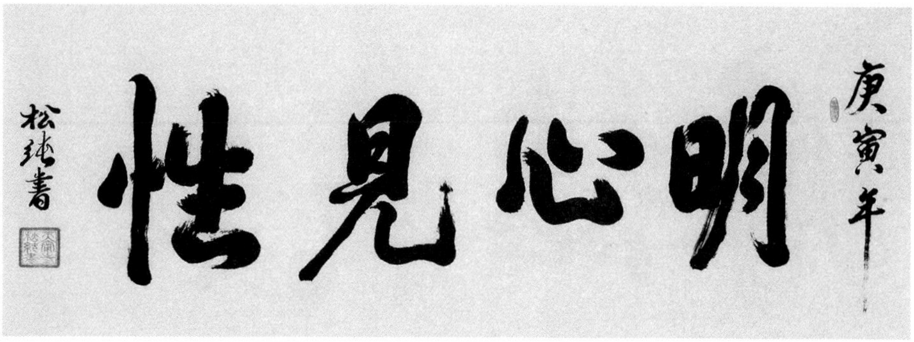
庚寅年
明心見性

厚德載物
中國江蘇常州天寧寺松純

大德有大智

——纪念松纯长老圆寂一周年座谈发言

一年前的“明天”午后，我与何祖大部长、须伍良局长同去常州市人民医院看望过当时呼吸已经急促的松纯长老，在回家的路上接到松老归西的噩耗。一年过去了，松纯法师依旧活在心中。前些日子常州日报采访我时，我对松老的评价是：大慈悲，大智慧，大格局，并列举事实一一作了阐述，这里就不再重复了。我特别想说，松纯长老大德有大智。

大家公认松老慈悲，我心中的松老是“无缘大慈，同体大悲”，慈悲到了“无缘”和“同体”的地步，应该是大智慧的结晶！至少得处理好三个关系：一是我与他的关系，舍己为他；二是舍与得的关系，舍得奉献；三是出世与入世的关系，以出世精神做入世事业。处理好三者关系靠的是“般若智慧”，我领悟，松老在事上的“慈悲”，完全出自其在理上的“智慧”。

大家公认松老墨宝好，好在“敦厚圆润”。俗话说的好，字如其人，松老一向为人厚道，做事实在，处世圆融。老人家的书法无师自成，生就的“菩萨”心肠，练就的“随缘自在”，流淌出他那人见人爱的“敦润”的墨宝！那不是书法，那是法书！那从内到外的“圆融”面目，折射出松老智慧的光芒！

大家耳熟能详常挂松老嘴边的“阿弥陀佛”，开示时固然少不了要说，见客时常说，感谢大家时说，赞叹时说，不满意时也说……别以为松老说“阿弥陀佛”是司空见惯的口头禅，其实这是“智者”的方便法！“阿弥陀佛”是无量光、无量寿，无边无际，无内无外，有点赞，有告诫，有期待！一声大家爱听的“阿弥陀佛”，唤醒了多少众生迷途知返！

几十年来，松纯长老广结善缘，领众熏修，成就了一系列大事，在其晚年，老骥伏枥，办成了最重要的两件大事，再次证明了松纯法师的大智慧！一是建成了天宁宝塔。从项目的决策、规划、设计，资金的筹集到管理体制和文化定位，无不浸透着松老超人的智慧！总之，天宁宝塔的落成和运营，没有市委和市政府的重视不行，没有统战宗教部门的努力不行，没有天宁僧团和护法的奋斗不行，而这一切的一切又都离不开松纯法师的大智慧！天宁宝塔是文化之塔，她见证了松老的“文化”；天宁宝塔是传世之塔，她传承着松老的“大智慧”。二是完成了天宁寺的交接。大家有目共睹，松老带出了天宁寺一支较强的僧团，其佼佼者不乏其人。正是这样，外界不少人暗中担心松老百年后的“交接”！松老悲智双运，精心谋划，水到渠成，顺其自然地完成了这一“交接”！我们祝愿廓尘法师的接位，也祝愿他像松纯长老那样，慈悲济世，圆融处世，巩固成果，守正创新。

佛门龙象

无相长老

无相长老

中国佛教协会咨议委员会原副主席

江苏省佛教协会原名誉会长

无锡市佛教协会原会长

无锡祥符寺原方丈

无锡祥符寺

无相长老纪念堂

永远活在心中的恩师

我的恩师[上]无[下]相长老，祖籍江苏东台，生于1927年5月。1938年，投东台安丰万寿庵依[上]觉[下]津大师披剃，1944年，入东台三昧寺启慧佛学院读书。1945年，于宝华山隆昌寺受具足戒。此后参学镇江金山寺、常州天宁寺等诸方丛林。1946年，入上海佛学院学习，亲近太虚法师、福善法师、演培法师及诸善知识。1949年始，长老先后任无锡荡口西方寺、锡山龙光寺住持。1956年，被保送到中国佛学院学习，先读本科，后入法相宗研究组任研究员，又师从法尊法师、正果法师等名师，专攻唯识学。1960年，任无锡市佛教协会副秘书长。“文革”期间，长老先后到通汇制绳社、东台农村劳动。1975年，到政协无锡市委员会行政处工作，1980年，任无锡市佛教协会副会长兼秘书长驻会办公。1994年无锡市政府批准重建马山祥符寺、建造灵山大佛，担任筹建委员会办公室副主任。1955年8月，任祥符寺监院，2000年11月、升座任主持。2016年11月退居。

历任中国佛教协会咨议委员会副主席、江苏省佛教协会名誉会长、江苏佛学院名誉院长、无锡市政协常委、无锡市佛教协会会长、鉴真佛学院院长、无锡祥符寺方丈、江苏佛学院慈恩学院(筹)院长等职。2018年6月19日，无相长老于无锡祥符寺安详示寂，享年92岁，僧腊81载。戒腊74夏。

我们永远不会忘记，改革开放后，无相长老全力恢复重建了历史悠久的祥符寺，他积极支持并参与了闻名遐迩的灵山景区建设，他匠心独具的建成了庄严壮观的三圣殿，他苦心经营，孜孜以求创建了江苏佛学院慈恩学院……他一生重视佛教文化建设；他一生乐善好施，慈悲济世；他始终注重人才培养。感恩无相长老，把传灯交到了我的手中，在坚持佛教“中国化”征程中。我要像恩师那样做事，克勤克俭，亲力亲为，脚踏实地，做大事，办成事；我要像恩师那样活到老学到老，学成文化人，修成无我人，用做人做事的实际行动，纪念恩师，报效国家。

普俊

江苏省佛教协会副会长

无锡祥符寺方丈

國運昌隆
灵山 無相

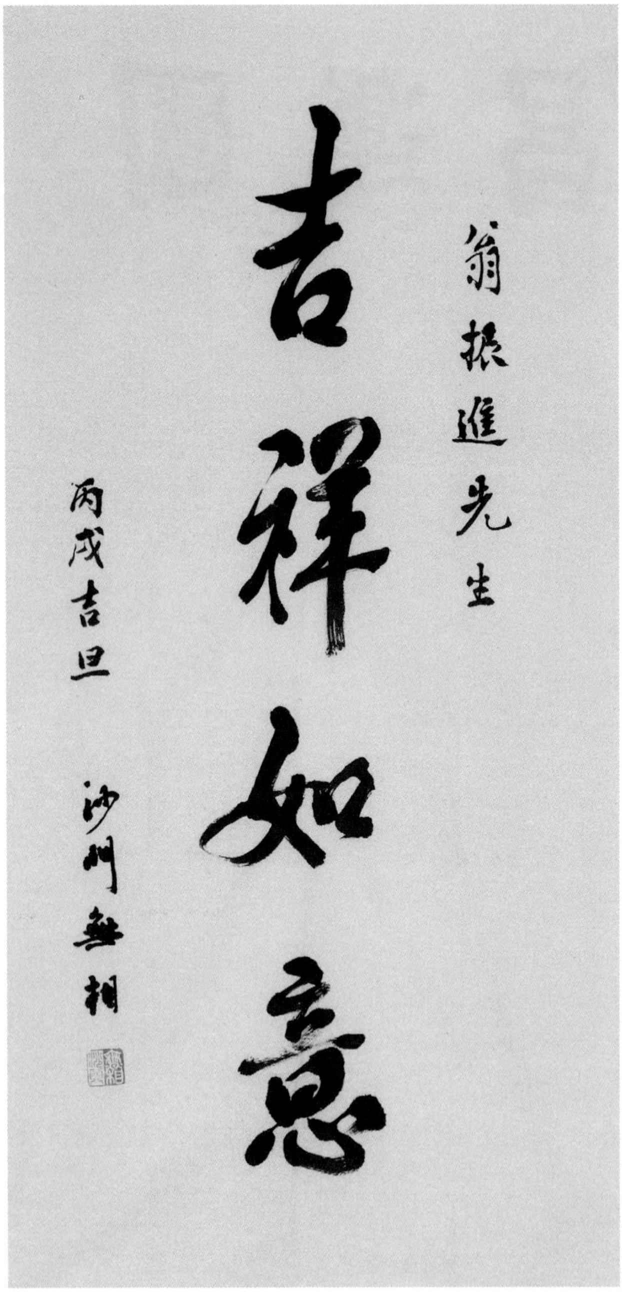
翁振進先生
吉祥如意
丙戌吉旦
沙州無相

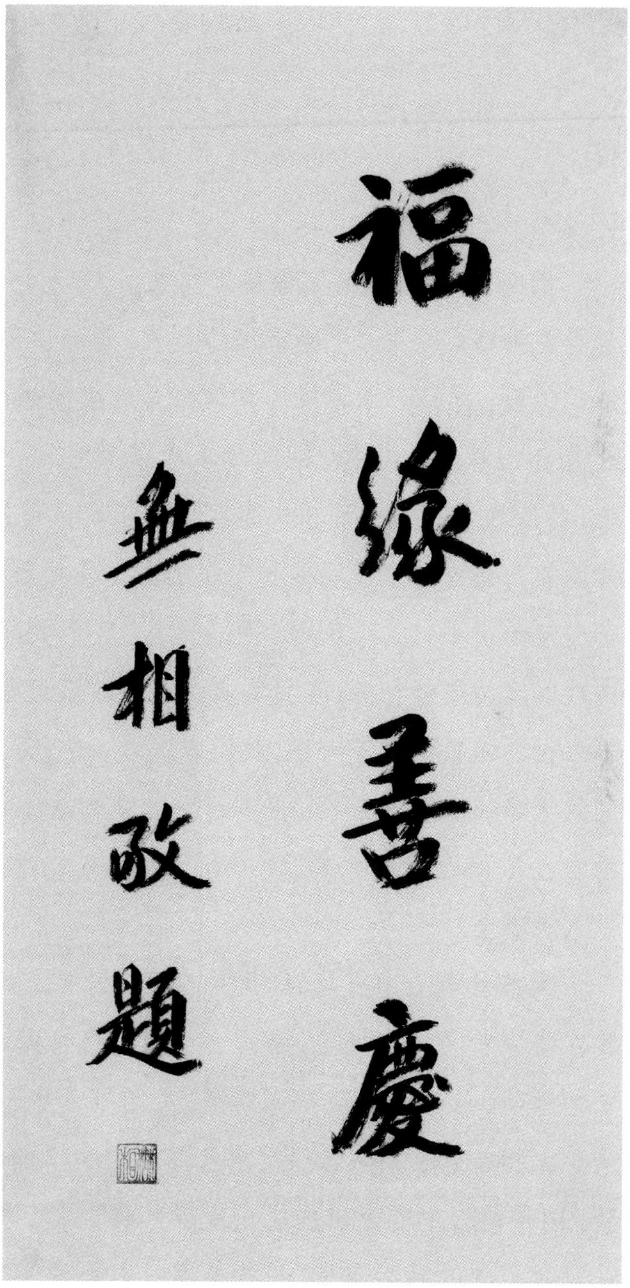
福緣善慶
無相敬題

以出世精神做入世事业

——纪念无相长老圆寂一周年

因缘殊胜，我在省宗教局工作期间，与无相长老有过很多交往，无老是省佛协副会长、无锡市佛协会长，省佛协每年的主要活动上我们常常见面；祥符寺承办过为期两个月的省佛乐团的培训，无老实际担任着台前幕后的指挥，期间我多次请教过他；无老任鉴真佛学院院长，行政教学方面的许多大事我们一起商讨过；多年来我请无相长老帮助省内外有关宗教团体和寺院解决过各种困难，老人家每次都是有求必应伸援手；祥符寺处于灵山景区，我们共同完成了不知多少批国内外宾客的接待任务；在无锡灵山景区建设过程中，为理顺管理体制、举办世界佛教论坛等大事，我们座谈过多次；等等。在我的记忆里，办成的大事一个接着一个，但事过之后无老从不提及往事，更不谈事中的自己！他心里没有事，没有相，没有我，无相长老是在以出世精神做入世事业。

无相长老心中有政府。凡是各级政府要求的，无老做得都很到位。我在省宗教局工作期间，常常会找无老帮忙做事，多年来沟通上没有任何障碍，从来没有谈不成的事，吴国平董事长也经常说起同样的感受。无相长老长期与各级政府及其部门和单位同心同德，始终保持一致，这是他心中有政府的突出表现！我由衷赞叹的还有，老人家一贯认真执行党的宗教政策，妥善处理教内外关系，身先士卒带领僧团走与社会主义社会相适应的道路，赢得了广泛的推崇，大家都自觉以长老为榜样，按政府要求做事，做让信教群众满意的事。

无相长老脑中有戒律。近几年以习近平同志为核心的党中央对宗教界人士提出了较高的要求，在我看来无老早就做得很好，一个重要的原因是他老人家脑中有戒律，坚持以戒为师，严于律己，艰苦朴素。令人钦佩和感动的是，他多年坚持将信徒供养的红包悉数交给常住，始终过平常人的生活。他身处无锡祥符寺这样声名远播的道场，坚持平常心，保持平等相，做事认真，做人低调，对内如法如律，对外奉公守法！我每每见到这位老和尚，既肃然起敬，又特别亲近！

无相长老眼中有大局。祥符寺是灵山景区核心组成部分，在发展过程中出现过许多需要解决的现实问题，无老总是以大局为重，大度圆融地妥处了方方面面，使寺庙随着景区的日益发展而不断提升。记得在灵山二期工程九龙灌浴建设期间，涉及景区与寺庙管理体制，无相长老从景区建设的大局和长远思考寺庙的诉求，在政府部门的协调下与景区达成共识，圆满地解决了各种实际问题，我认为灵山胜境能一步步发展到今天，离不开无相长老的大局观和作为！

无相长老胸中有目标。无老是一位有抱负、有愿力的智者，在晚年他顺利实现了自己的三项目标：一是选对了接班人。普俊法师跟随长老20多年，经过长期的锤炼和培养，接任了祥符寺方丈，成为省佛协领导班子中的一员，实现了老人家的期许和目标。二是创立了佛学院。创办佛学院是无老多年的夙愿，我们请他担任鉴真佛学院院长的初心就在为其实现自己的目标创造条件。年过九十身患绝症的老人硬是初心不改，不辞劳苦地创立了江苏省慈恩佛学院，着实令人刮目！三是建成了三圣殿。三圣殿是无老胸中的又一目标，基于对无相长老愿力的崇拜，陈庄明居士鼎力相助，捐资超两亿，建成了庄严宏伟的三圣殿。不难想见，无相长老在信众心目中的地位和影响！

我要特别一提的是，无相长老是灵山胜境的“功臣”。灵山胜境有三位功臣，首数赵朴初先生，再有茗山长老，还有无相长老。诚然，灵山胜境作为5A级景区，能有今天的辉煌，离不开吴国平董事长和他的团队几十年如一日的奉献，其中无相长老也功不可没！众所周知，以佛教文化为载体的灵山景区，经久不衰的秘笈在于博大精深的佛文化，无相长老在其中发挥了无可替代的作用！

无相长老虽离我们而去，但老人家“以出世精神做入世事业”的崇高形象永远活在心中！

佛门龙象

真慈长老

真慈长老

江苏省佛教协会原副会长

南京市佛教协会原会长

南京灵谷寺原方丈

南京灵谷寺

真慈长老纪念堂

真慈大和尚傳略

真慈大和尚號悅西俗姓許江蘇儀征人一九二八年出生於農家其父母篤信佛舉家食素師遂從小敬佛志行淨業一九四四年師於儀征大儀法華庵依淨霖大師披剃一九四八年在寶華山受具足戒一九五七年師被南京佛教界推薦進入中國佛學院深造一九五九年回南京靈谷寺任副寺一九六四年至南京毗盧寺任知客文革期間師和全寺僧眾被集中在南京江寧縣青龍山紅衛林場參加勞動後又被調回南京燕子磯宗教聯合自力加工社

传 静
江苏省佛教协会副会长
南京市佛教协会副会长兼秘书长
南京灵谷寺方丈

经事缝纫工作动乱中师虽屡经磨难身处逆境但始终不忘自己是佛子严持净戒一心向佛诚为可贵十一届三中全会以来他抱着对佛教虔诚的信念怀着对伟大祖国热爱之情全身心投入佛教事业担当起协助政府落实宗教政策和重担好灵谷栖霞瓦官玄奘等寺的建设发展和佛教事业而不断进步而呕心沥血精进不懈师亲手建立和完善了寺院管理制度培养了一批又一批爱国爱教的僧才师晚年病重时仍精进不懈早晚持诵金刚经阿弥陀经日诵佛号五千声二六时中随众用斋不蓄私款点滴均入常住禅课之馀发心刺血抄写金刚经心经念佛圆通章融会贯通以文字般若弘法利生·师言行坚定道风纯正和净

寬厚慈悲喜捨一生感恩國家熱愛共
產黨擁護社會主義制度歷任中國佛
教協會理事南京市佛教協會會長
市八至十三屆人大代表並兼任市紅
十字會市慈善總會主要職務深受
各界的敬愛。二〇〇五年七月五日師舍
報西歸人天眼滅四衆齊悲享年七
十八歲僧臘六十一春戒臘五十七夏緬
懷真慈長老要學習他老人家愛國
愛教利樂有情的精神學習他為佛
教建設殫精竭慮率先垂範的品格為
弘傳人間佛教走與社會主義社會
相適應的道路作出不懈的努力

傳靜合十

棲霞古寺
千佛名藍
六朝勝蹟

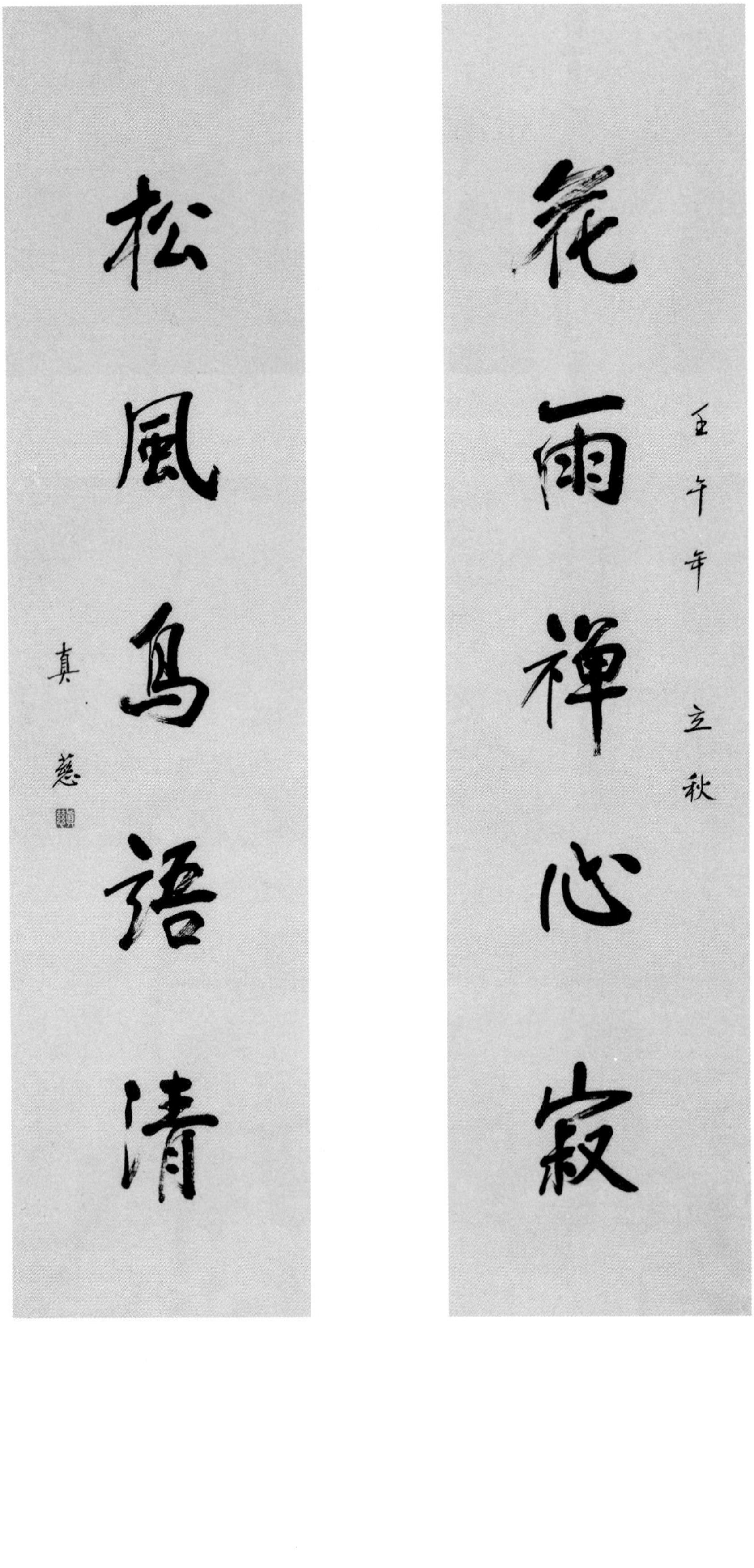
花雨禪心寂
壬午年立秋
松風鳥語清
真慈

百福駢臻
壬午 立秋
真慈

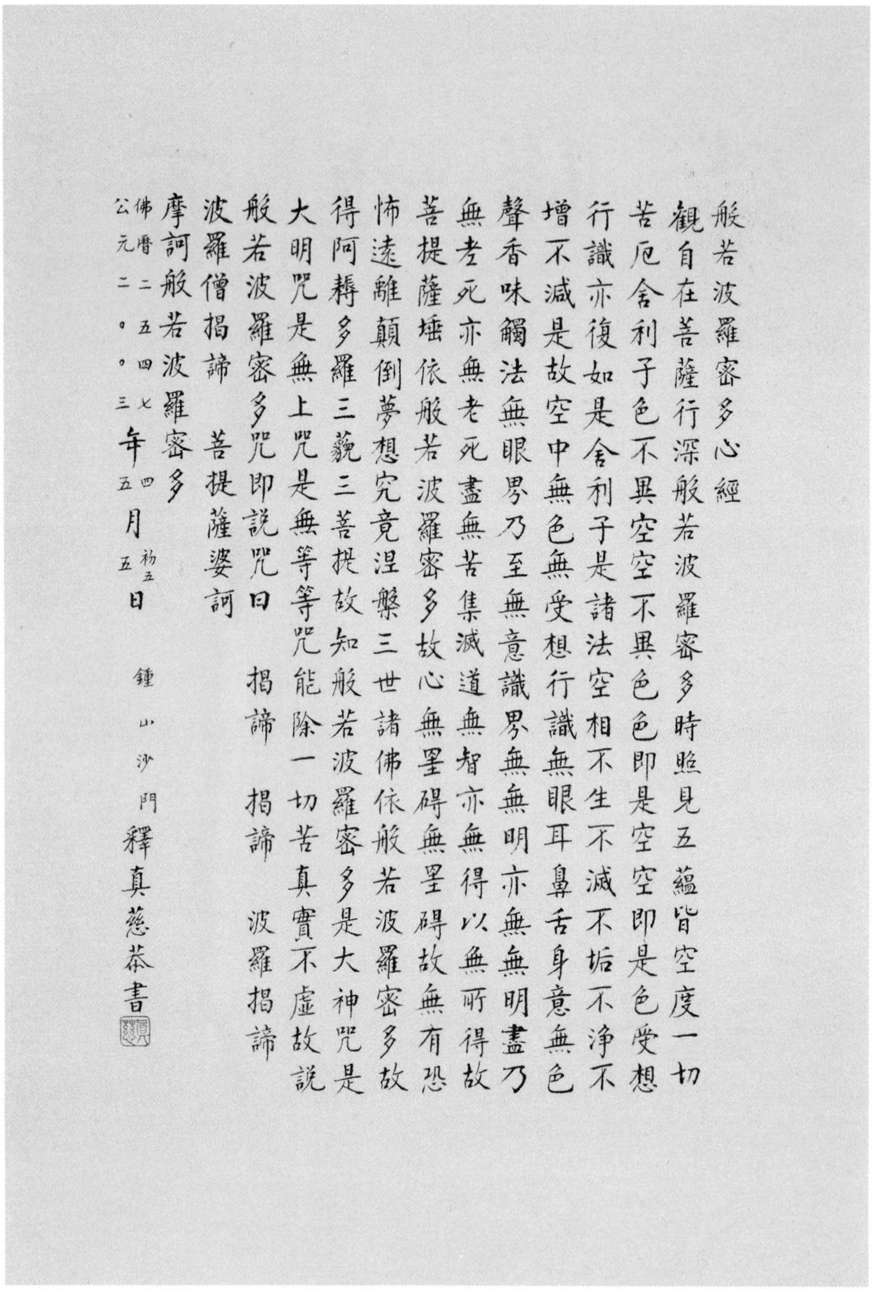

般若波羅密多心經
觀自在菩薩行深般若波羅密多時照見五蘊皆空度一切苦厄舍利子色不異空空不異色色即是空空即是色受想行識亦復如是舍利子是諸法空相不生不滅不垢不淨不增不減是故空中無色無受想行識無眼耳鼻舌身意無色聲香味觸法無眼界乃至無意識界無無明亦無無明盡乃至無老死亦無老死盡無苦集滅道無智亦無得以無所得故菩提薩埵依般若波羅密多故心無罣碍無罣碍故無有恐怖遠離顛倒夢想究竟涅槃三世諸佛依般若波羅密多故得阿耨多羅三藐三菩提故知般若波羅密多是大神咒是大明咒是無上咒是無等等咒能除一切苦真實不虛故說般若波羅密多咒即說咒曰 揭諦 揭諦 波羅揭諦 波羅僧揭諦 菩提薩婆訶
摩訶般若波羅密多

佛曆二五四七年四月初五日
公元二〇〇三年五月五日

鍾山沙門釋真慈恭書

追思真慈长老

南京蔡士洲居士出示真慈法师刺血抄写的《金刚经》，还有“文革”前手写经书，发心付梓流通，要我写序，说这是真老生前嘱咐，岂能推脱！欣然允诺且有无限的思念……

真慈是我从事宗教工作后认识的一位德高望重的老法师。他是省佛协副会长、南京市佛协会长，同时担任两座全国重点寺院栖霞寺和灵谷寺的方丈，还兼任了一些重要的社会职务。就是这样一位声名显赫的法师，给我留下这样的印象：他是和蔼可亲的前辈，他是正信正行的长老！

真慈法师既是智者，又是强者。多年来他身患绝症，是信仰给了他力量。他以常人难以想象的生命力，一次次战胜了病魔；他以俗家无法拥有的智慧，一步步成就了伟业。玄奘院的落成，体现的是玄奘精神；以血为墨抄经，表现出的是非凡愿力。

拜读血写经文，深受震撼！此乃信念所凝，道行所熏，非“书法”二字能涵盖，跃然纸上的是一种完美的宗教人格！

谨以此真实话，乐为之序，表仰慕，诉追思！

（《真慈法师手书经文录》序）

贯澈长老

贯澈长老

江苏省佛教协会原顾问

苏州吴中区佛教协会原会长

苏州包山寺原方丈

苏州包山寺

包山寺宝塔

條件不好，父母將他送進寺院，為的就是討口飯喫。出家後不久，因為仰慕印光大師，從龍華受戒之後，輾轉來到靈岩山，在這裏，每天上山下山好幾趟，發心幫大眾挑水挑柴，不言怎麼苦，從來不說一聲。老人來到包山寺後，正值寺院恢復階段，一切都是從無到有，住沒好住的，喫沒有好喫的，生活十分艱苦，他老在不辭辛勞的抓建設同時，還要每天堅持早晚功課，尤於日用生活，比較克勤克儉，不講究喫，不講究穿，每次喫完飯，總要用開水洗洗碗，而後喝掉，日日如此，月月如此，年年如此，這樣的生活，從靈岩山到包山寺，從包山再到觀音寺，他的這種樸實的生活風格，無時無刻不是在繼承靈岩山的家風和遵循着印祖的教導。

師父的一生，有兩張特別的名片：一是人品好，他老人家實實在在，從不虛言妄語，更於諸多開示中說：“我這人沒有什麼特別之處，也沒有什麼心機，有什麼就說什麼。”對於我，也是不時的提醒提醒：“多栽花，少栽刺，”信守以和為

尚，做個信衆心目中的好和尚；二是書法好，他這個好
大是與他出家之後有着非常的因緣，也是緣份，
師公把他送去讀私塾學習期間，不論大中小楷，每天
都要練，每天而且規規矩矩練，從此打下書法的扎實功
底，他的書法作品，就是社會上的書法家們也給予一
定的評價。走進包山寺，從天王殿、大雄寶殿到藏
經樓，每座殿里的匾額、抱對，都是老人家題寫的，凡
是前來參觀的香客遊人，看到墨時如聞佛法，個個
合十，極大的提升寺院文化和品味，增得了寺院的吸
引力。

：恩師此去到西方，九品花中禮法王，弟子雖悲
猶奮力，願聞七寶妙蓮香。謹以此七言絶句，緬懷
恩師，感念師父，更當以您為榜樣，愛國愛教，勤
修三學，為建設中國特色的社會主義貢獻我的綿
薄力量。 受業弟子心悟寫於包山寺嫩桂文室

包山禅寺重建十周年庆典
暨包山禅寺方丈贯澈大和尚书法展开幕式

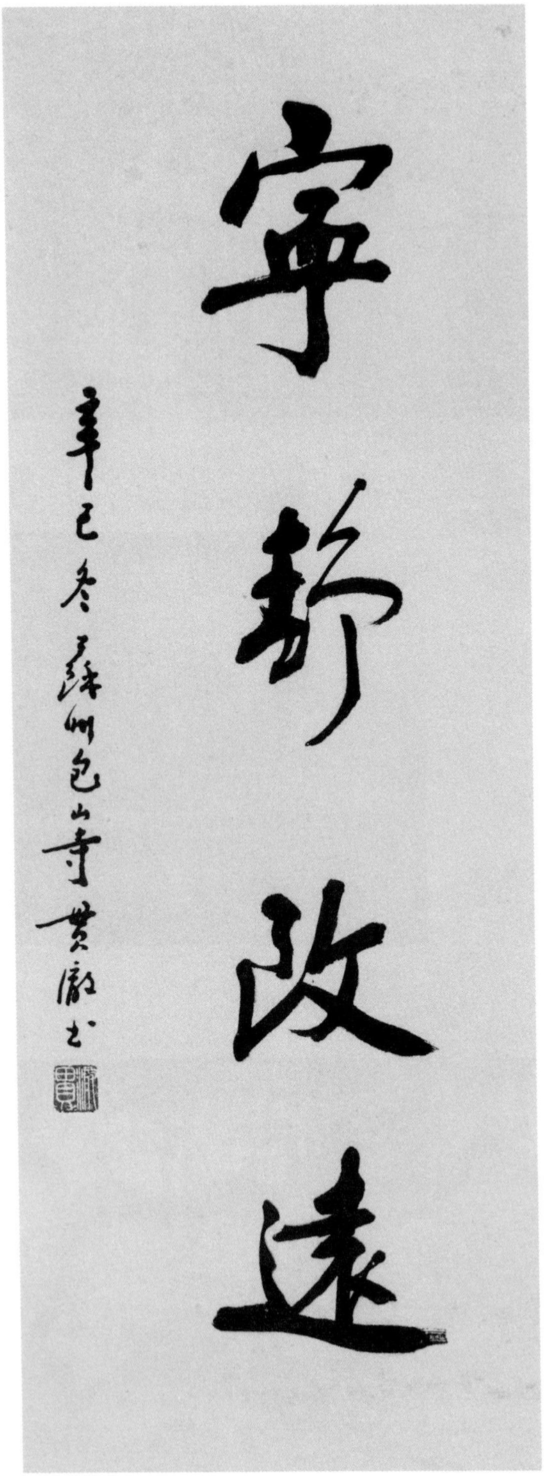
寧靜致遠

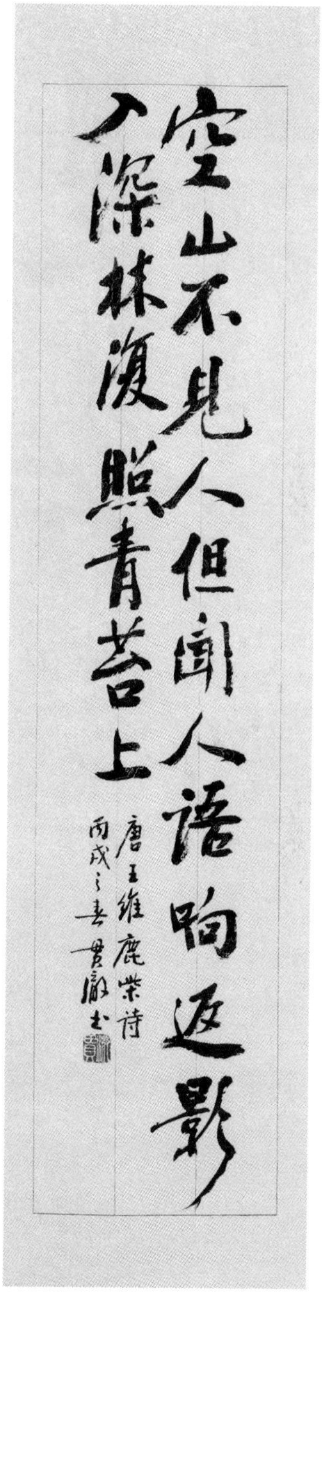
空山不見人但聞人語响
返影入深林復照青苔上
唐王维鹿柴诗

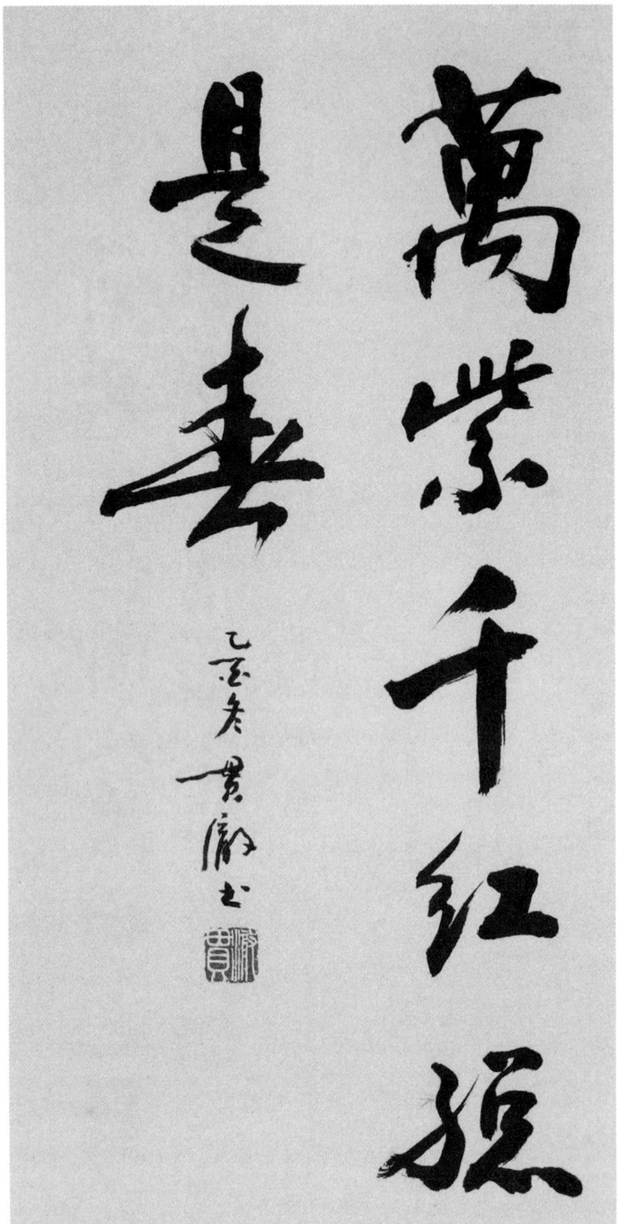
萬紫千紅
總是春

“文化兴寺”带头人

——追忆苏州包山寺贯澈长老

包山寺地处苏州西山深处，我在省宗教局工作期间却没有少去。这里没有寒山寺闻名遐迩的钟声，没有灵岩山寺高眺的宝塔，也没有西园寺栩栩如生的五百罗汉堂。但这里有她的文化，有重视文化建设的贯澈长老和他那喜欢文化的爱徒心培法师。在参访包山寺的过程中，我认识了“文化兴寺”的重要，学到了弘扬佛教文化的办法，帮助我拓宽了开展宗教工作的思路。

1999年香海书画院在包山寺挂牌，贯澈法师任院长，当时这在全省寺院是绝无仅有的。贯老出家后被送私塾读书，在临帖习字上非常刻苦，其书法水平被广泛认可。从灵岩山寺到包山寺任住持后，贯老发挥自身优势，成立书画院，带领僧众以书法弘传佛法，信徒游客走进寺庙，满目都是老人家题写的抱对、匾额，足见贯老书法如闻佛法！许多职业书画家及其爱好者为此慕名而来，亲近贯老，与包山寺结缘。

2000年12月包山寺创办诗社和诗刊《玉毫》，贯澈长老亲任社长和主编，心培法师任副社长和副主编。2003年出版上下两集《包山诗钞》，上集刊有贯老80多首诗篇，下集选登心培法师100多首诗。《玉毫》第一期除选刊贯澈、心培二法师27首诗外，还选登了21位法师的诗，这是诗社聘请诗词专家长期任教的结果，这是贯老长期坚持“文化兴寺”、培养“文化僧人”的成果！心培法师在《包山诗社成立抒怀》诗中写道：“笑语欢声意悠悠，挥毫泼墨写春秋，从来吟咀僧无缺，足迹遍垂五大洲”，这是一位文化僧的手笔，写出了包山寺浓重的文化氛围，抒发了包山寺僧侣弘传佛教文化的宏愿！

在贯澈长老的认知里，寺庙有文化，靠的是教育，为此包山寺在1999年就开办了僧伽培训班，继而从2005年始与扬州大学联合开办了显庆佛学院，创刊《显庆佛教》，到2009年的两届毕业生中，有13名同学获得扬大大专文凭，为江苏佛教教育谱写了新篇章。几年后由国家宗教局批准建立的扬州鉴真佛学院，与扬州大学合作，为全省和全国不少寺院培养了大批僧才，我见证，这与住持包山寺的贯澈长老的带头作用是分不开的。

众所周知，江苏佛教界的书画培训长年坚持，江苏佛教院校数量倍增、质量不断提升，江苏佛教出版物品种多、质量高。但大家有所不知是，苏州包山寺住持贯澈长老曾经带了好头，说实话，我作为当时省宗教局局长，倡导在全省佛教界大力弘扬中国传统文化，就是受包山寺贯澈长老“文化兴寺”实践的启示。

苏州包山寺建于南朝，历史悠久，源远流长。今天的包山寺，群山环抱，书香袅袅。2007年贯澈长老让位于心培法师，愿心培法师继往开来，在“文化兴寺”上不负众望，继续走在前列，报师恩，报党恩！

编者的话

编者的话

我2000年5月到省宗教局工作后，结识了一批江苏宗教界代表人士：全国政协原副主席、中国基督教“两会”原名誉主席(会长)丁光训主教，全国政协原常委、江苏省政协原副主席、中国基督教协会原会长韩文藻先生，全国政协原常委、中国天主教团原主席刘元仁主教，中国基督教三自爱国会原主席季剑虹先生，等等。江苏是全国佛教重点寺院较多的省份之一，有一批出生于民国、蒙难于“文革”，在党的改革开放年代又重现“身手”、现已先后归西的高僧，茗山长老是其中最为杰出的代表。今年是茗老圆寂二十周年，我汇集自己悼念十二位已故高僧的文章、自藏的他们的字画及其留影，特编《珍藏的记忆——缅怀江苏一代高僧》，以为纪念。

我到宗教局工作的那年，茗山长老任中国佛协副会长、江苏省佛协会长，他是大家公认的能讲经、工书法、擅诗词的高僧。令人难以忘怀的是，我刚到宗教工作岗位尚未与茗老谋面，就先收到了老人家寄给我的对联：“振兴中华团结民族，进展宗教共建文明”，说实话我为之感动良久！这是宗教界人士对新任局长的期望，这也是茗山长老对我的鼓励！事后在与茗老见面时我表达了对他的感激之情，老人家回说“这适合你”。2001年6月1日茗山长老因病医治无效驾鹤西去，在我与他相处的一年里，老人家留下了很多故事，至今仍铭记在我的心里。

苏州灵岩山寺住持明学长老是茗山长老力荐的省佛协继任会长，多年来明老坚守印光祖训，倾心办学育人，一生克勤克俭，以始终如一的僧人形象，出色维护着净土道场，在信教群众中留下了不可磨灭的印象。让我难忘的是他2003年1月在省佛协第三次理事会上做的工作报告，提出了“奠定21世纪江苏佛教建设基础”的五大任务，既体现了新时代的要求，又符合江苏佛教实际，引领着江苏佛教不断向前！

“金山的腿子高旻的香，天宁寺的唱念盖三江”，说的是镇江金山寺、扬州高旻寺、常州天宁寺的“特色”，而继承和发扬这些特色的正是慈舟长老、德林长老、松纯长老。我记得，慈老注重佛教仪规行持，坚持严格的管理制度，久久为功，造就了一批僧才；我记得，德老奉行禅宗“棒喝”之法，坚持农禅并重，赢得了海内外信众的信赖；我记得，松老慈悲为怀，带领僧团走南闯北，推动天宁梵呗美名远扬。

苏州寒山寺性空长老与我父母同龄，今年是他们百年诞辰。我曾去亲近过老人家，性老少言寡语而不失亲切！我最难忘的是他主动让位退居那件事。像性空长老一样亲自为弟子送座的还有德林、松纯、无相、静海等长老，其甘为人梯的大德风范记忆深刻。

无相长老为建设5A级无锡灵山景区、举办世界佛教论坛既唱主角又当配角，其大度和付出有口皆碑；松纯长老在快80岁的时候发心建成了世界最高佛塔——天宁宝塔，被誉为“文化之塔”“传世之塔”“盛世之塔”。

真慈长老长期与病为友，是非分明但平易亲人，向来受人尊崇；明波长老为宝华山隆昌寺传戒、为省佛乐团的排练演出发挥了导师的作用，他在传承佛教仪规等方面带出了一批新人；静海长老特别重视佛教教育，为创办“武进大林佛学院”孜孜以求、不辞辛劳，其执着精神让人动容；贯澈长老住持的包山寺最早成立书画院、最先创办诗社，是全省“文化兴寺”的带头人；圆霖长老隐居山林，长期以笔墨为佛事，以书画表法，以众生平等的行持度人，名副其实的一代画僧！还有常熟兴福寺妙生长老、南通广教寺月朗长老、南京栖霞寺吉慧长老、无锡开原寺隆贤长老、如皋定慧寺恒岳长老、南京金粟庵全乘长老、淮阴慈云寺觉顺长老、盐城永宁寺乘愿长老等等，他们都有着让世人难忘的功德，受人敬仰和缅怀。

值得引以为豪的是，人杰地灵的江苏大地，珍藏着这样一批高僧，他们中有诗人、有书画家、有国家非遗传人。是他们保护并珍藏着一大批文物和镇寺之宝，是他们维护并发展着一批数百年、上千年的道场，是他们继承并创新着富有时代特征的佛教文化：世界佛教论坛永久性会址落户无锡灵山，天宁宝塔举世无双，寒山钟声响彻八方，遍布全省的各类佛学院书声琅琅。江苏一代高僧留给我们的不仅是丰厚的物质财富，更有宝贵的精神财富：爱国爱教的精神，以戒为师的操守，培养僧才的情怀，守正创新的愿力，弘法利生的便巧，等等。

最后，编者十分感谢，感谢江苏佛协心澄、秋爽法师的大力支持，感谢有关寺院住持的默契配合，感谢多位善知识的无私帮助！

附录

附一

21世纪江苏佛教建设

——在江苏省佛协第四次代表会上的讲话

（2003年1月）

“21世纪江苏佛教建设”是江苏佛教界面临的、人人必须关心、思考和实践的课题。所谓建设就是指创立新事业，“21世纪江苏佛教建设”就是要回答：新世纪江苏佛教与时俱进，应该创立怎样的新事业？这应该成为江苏省佛教协会第四次代表会议的主题。这次会议，回顾总结省佛协第三次代表会议以来的工作是为了这个主题，讨论修改省佛协《章程》是为了这个主题，选举产生新的省佛协领导班子更是为了这个主题。与会法师、居士代表着全省三千多佛教界人士和百万信众的嘱托，应该为实现这个主题，尽心尽力，奋发有为。

一、要认真学习十六大精神，认清21世纪江苏佛教建设的方向

学习贯彻十六大精神是当前和今后一个时期全国人民包括佛教界人士的首要政治任务。这次代表会议期间和会后一段时期，各级佛协都要紧密结合自己的实际，在全面领会十六大基本精神上下功夫，在重点学习十六大关于宗教的论述上下工夫，在精心组织广大教职人员和信教群众开展学习活动上下工夫。通过反复学习，深刻理解和把握十六大的灵魂——“三个代表”重要思想，十六大的精髓——解放思想，实事求是，与时俱进。把21世纪江苏佛教建设圆融于“三个代表”的实践之中，圆融于全面建设小康社会的奋斗目标之中，圆融于服从和服务于国家的最高利益和民族的整体利益之中。与社会主义社会相适应，是21世纪江苏佛教建设的总目标、大方向。我省

佛教与21世纪社会主义社会相适应，就是要适应“三个代表”重要思想，就是要适应与时俱进的时代要求，就是要适应全面建设小康社会的任务，就是要适应江苏富民强省，在全面建设小康的基础上率先实现现代化的目标。江苏佛教应该在这样的不断适应中描绘21世纪建设的蓝图，应该在这样的不断适应中与时代同步、与人民同行。契理契机的“人间佛教”思想，要求我们认这个“理”，抓这个“机”。

二、切实增强三种意识，明确21世纪江苏佛教建设的要求

建设21世纪江苏佛教，最重要的是冲破思想上的禁区、走出认识上的误区，从迷雾中解放出来，切实增强三种意识，达到自觉、觉他的境界。一是增强大局意识。佛教一贯奉行的“庄严国土，利乐有情”，倡导的就是一种大局意识，主张一切有利于国家的利益，一切有利于人民的事业。全面建设小康社会、实现现代化是大局，建设好21世纪江苏佛教是大局。江苏范围内的各个寺院、各位法师，都应该无一例外地服从并服务于这个大局，来自十方，用于十方，回报社会，服务人群。有了大局意识，才能形成建设21世纪江苏佛教的动力；有了大局意识，才能勾画建设21世纪江苏佛教的蓝图；有了大局意识，才能启动21世纪江苏佛教的工程；有了大局意识，才能加快21世纪江苏佛教建设的步伐。二是增强创新意识。佛教传入中国2000多年的历史，是个与中国社会不断相适应的过程，也是佛教自身不断创新的过程。是创新使佛教生存，是创新使佛教延续。要创新佛教理论，这是佛教建设的先导；要创新佛教教制，这是佛教建设的保证；要创新佛教仪规，这是佛教建设的关键。佛教处于不断变化的社会之中，自身的生存和延续要求其以变应变，与时俱进，不断创新。当然，这种创新，绝不仅仅是追求建筑设施的现代化，更不是放弃信仰和戒律的

世俗化！三是增强团结意识。21世纪江苏佛教建设是佛教界的团结进步事业，只有团结，才能建设，只有团结，才能进步。去年，佛指舍利赴台巡展，台湾四大山头、九大派别在释迦牟尼的感召下达成团结，获得空前的圆满。事实告诫人们，团结起来才能办成大事！建设21世纪江苏佛教，是摆在全省佛教界面前的大事，事关江苏佛教在国内外的地位，事关江苏佛教未来的前景，每一座寺院、每一位法师、每一个信众都与此休戚与共，这是团结办教的深厚基础。江苏各级佛协要充分发挥作用，把佛教界的力量高度组织起来，佛教界人士要发扬“六和”精神，紧密团结起来，靠团结组成21世纪江苏佛教建设的大军。

三、努力提高整体素质，打牢21世纪江苏佛教建设的根基

从长远看，从根本上说，21世纪江苏佛教建设取决于“僧团”整体素质的提高。佛教建设必须坚持以人为本，以提高人的素质作为根基，大力培养人才。这应该成为建设21世纪江苏佛教的战略任务。

千里之行，始于足下，提高江苏佛教整体素质，必须从现在做起，从我做起。修学并重，不懈追求，在三个方面做出努力：一是坚持正信。佛教的基石是正信，佛教如果失去正信，也就失去存在的价值和意义。我们说佛教与社会主义社会相适应，不是要求改变其信仰，而是要求对教义教规作出符合时代精神的阐述，要求服务当代社会的外在形式的改进，这种阐述和改进，一定要以维护正信为前提，坚定信仰是对每一位佛教徒的基本要求，寺院的管理应把正信正行、端正道风作为首要任务。21世纪江苏佛教建设，要求各级佛协领导班子，要求各个寺院的住持，在坚持正信正行方面，既要洁身自好，又要严格管理。二是崇尚道德。佛教一贯崇尚诸恶莫作众善奉行的道德

观，历代高僧大德无不以“学佛先学做人”为信条。要成佛先成人，一个好信徒首先是一个好公民。佛教的伦理道德认为，五戒十善是道德，报四重恩是道德，慈悲济世是道德，爱国守法是道德，诚实守信是道德，严于律己宽以待人是道德。我们常称的“高僧大德”，高就高在“大德”上，“高僧”就是要有高尚的道德。21世纪江苏佛教大厦，需要一批高僧大德的支撑。我们鼓励江苏佛教界的年轻人，经过十几年、几十年的修学成长为一代高僧。道德的真谛不是不要“得”，而是如何用符合“道”的方式去“得”到，“厚德载物”讲的就是这个道理。三是增长学识。佛教博大精深，是一种文化。佛教的诸行无常诸法无我的世界观，缘起性空如实观照的认识论，无我利他普度众生的人生观，三学并重止观双修的修养方法，以及佛教在哲学、文学艺术、自然科学、生命科学等领域积累的丰硕成果，都是人类文明的宝贵财富。只有刻苦地学习，不断地学习才能获得。佛教讲觉悟，觉悟的功底在哪里？在渊博的宗教学识。“学识”是一种内在的素质，纯正的信仰、高尚的道德，在一定程度上说是建筑在“学识”水平之上的。增长学识需要学，要钻研宗教理论，要读经典想问题，在多读中拓宽知识面，在多思中提升信仰层次。要高度重视佛教教育，提高师资质量，培养更多高学历、高水平、高素质的僧才，以适应现代佛教对人才的需求。

要进一步加强各级佛协的建设，这是建设21世纪江苏佛教的组织保证。选举产生新的领导班子，是本次代表会议的重要任务，我们要把接受党的领导、接受依法管理、爱国爱教、诚实守信的人，把注重学习、精通教义教规、多才多艺、讲经说法水平高的人，把受广大信教群众尊重、欢迎的有较高威望的人选进新一届领导班子，把省佛协建成对外有形象，对内有影响，既有吸引力又有战斗力的老中青三结合的坚强的领导集体，进而带动各级佛协加强自身建设。各级佛协都要重视教制建设，逐步形成领导成员任期述职、教职人员年度考核、工作人员聘用等机制，切实解决佛教协会有人办事、能够办成事的问题。

附二

江苏省佛教协会第四次代表会议全体代表合影

附三

灵山梵宫(1)

附

三

寒山大钟、大碑(2)

附三

天宁宝塔(3)

附三

鉴真佛学院、图书馆(4)

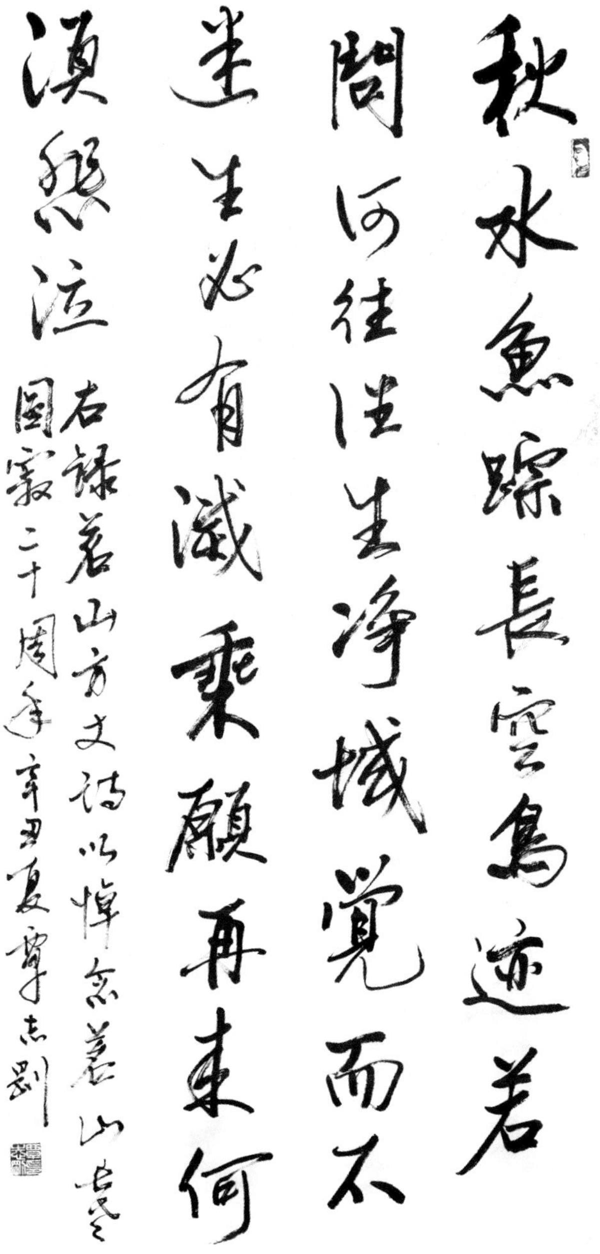

茗山长老临终偈(中国文联原副主席覃志刚书)

图书在版编目（CIP）数据
珍藏的记忆 ：缅怀江苏一代高僧 / 翁振进主编. -- 北京 ：宗教文化出版社，2021.11
ISBN 978-7-5188-1215-8
Ⅰ. ①珍… Ⅱ. ①翁… Ⅲ. ①僧侣—人物研究—江苏Ⅳ. ①B949.92
中国版本图书馆CIP数据核字(2021)第227717号

珍藏的记忆
缅怀江苏一代高僧
翁振进 主编

出版发行：宗教文化出版社
地 址：北京市西城区后海北沿44号 (100009)
电 话：64095215(发行部) 64095209(编辑部)
责任编辑：兰菲菲
版式设计：武俊东
印 刷：常州市金坛古籍印刷厂有限公司

版本记录：787×1092毫米 16开 14.5印张 200千字
2021年11月第1版 2021年11月第1次印刷
书 号：ISBN 978-7-5188-1215-8
定 价：88.00元